ARMÉE DE MER.

ESCADRES PERMANENTES.

Il est nécessaire d'établir l'unité dans la flotte et de la diviser en un nombre déterminé d'escadres permanentes, comprenant tous les navires à flot, avec le personnel correspondant en officiers, officiers-mariniers, mécaniciens et matelots spéciaux.

F.-X. Franquet.

39605

V

(C.)

ARMÉE DE MER.

ESCADRES PERMANENTES.

Nécessité d'établir l'unité dans la flotte et de la diviser en un nombre déterminé d'escadres permanentes, comprenant tous les navires à flot, avec le personnel correspondant en officiers, officiers-mariniers, mécaniciens et matelots spéciaux.

I⁹ PARTIE.

Trois hommes de génie, Colbert, Duguay-Trouin, Napoléon, se sont occupés à divers points de vue de la marine française et lui ont légué des institutions admirables, chères aux populations maritimes; des exemples immortels à suivre, des principes immuables à appliquer.

Colbert s'est occupé de la marine au point de vue de l'unité d'administration, dans l'intérêt des marins soumis au régime des classes, et a réalisé depuis deux siècles ce que les rêves les plus brillants des réformateurs modernes font à grand'peine entrevoir à des imaginations fascinées. — Ses institutions seront bénies des enfants de la Côte tant que la France existera en corps de nation. Mais il vivait au temps de Louis XIV. Depuis, une révolution a passé sur la France et changé nos mœurs, nos souvenirs et nos lois. — Au reste, Colbert n'était pas homme de guerre, et n'a pu envisager la marine au point de vue de la puissance militaire. Ses principes de bon ordre dans l'administration ont le privilége de s'appliquer à toutes les organisations militaires, et sous tous les régimes politiques.

Napoléon a posé en ces termes le principe de toute bonne organisation militaire :

« La république sera formidable aux ennemis, si ses armées de terre *et de mer* sont fortement constituées, si chacun de ses défenseurs trouve une famille dans le corps auquel il appartient, et dans cette famille un héritage de vertus et de gloire; si l'officier, formé par de longues études, obtient par un avancement régulier la récompense due à ses talents et à ses services. »

Il n'y a pas de corps, pas de société possible sans fixité, sans domicile : les citoyens ont leur commune, les soldats leur régiment; quel est celui des marins? Les officiers ont le bureau des revues du port auquel ils sont attachés; les matelots leur quartier d'inscription maritime, cette mairie de l'homme des classes, ou la caserne des équipages de ligne. Le domicile du marin ne doit pas être ailleurs qu'à bord des navires de guerre et par escadres. Le navire est forcément l'unité navale dans les cadres de la marine; l'escadre, réunion de navires de tout rang, soit à voiles, soit à vapeur, est l'unité militaire, notre régiment : la flotte, réunion des escadres, constitue l'armée de mer.

Qu'une guerre maritime vienne à éclater, c'est une éventualité de tous les instants; un gouvernement sage y est toujours préparé; la France mettra en mer ses escadres, donnera des ordres à ses stations navales, suivant un plan déterminé. Le globe est notre champ de manœuvre, notre ennemi est partout. Quoiqu'on ne puisse le frapper d'une manière décisive, qu'en un seul point, comme nos forces navales sont nécessairement disséminées; pour qu'elles opèrent avec cette unité d'action qui est la condition du succès sur mer comme sur terre, il serait urgent qu'elles en eussent puisé l'esprit dans des institutions conçues dans ce but, et qu'elles en aient pris l'habitude, ce qui, de l'aveu des hommes compétents, n'a pas lieu aujourd'hui.

La flotte se compose d'escadres, les escadres de navires. Le navire est donc l'unité navale; et par navire il faut entendre le navire et son équipage attachés en principe par le lien indispensable des escadres permanentes. Privé de son équipage, un navire n'est qu'un corps sans âme, voué au dépérissement et à la mort ; privé de son navire, l'équipage n'est qu'un cavalier démonté, le matelot un soldat médiocre, quelquefois un simple journalier. On ne devrait jamais abaisser la dignité d'hommes dont la vie est toute de dévouement, et dont l'amour propre doit être le principal mobile pour rendre à leur pays d'utiles services, soit en paix, soit en guerre. — La suppression des bagnes est un pas immense fait dans cette voie.

Occupons-nous donc d'abord du navire. Car, quel qu'il soit, côtre, goëlette ou vaisseau à trois ponts, de cent-vingt canons, c'est l'unité navale vraie. Prenons pour exemple le vaisseau de quatrième rang, celui qui se rapproche le plus des anciens vaisseaux de soixante-quatorze.

Duguay-Trouin, qui a fourni à l'appui des meilleurs préceptes qu'on puisse donner sur la marine, les faits d'armes les plus éclatants, n'avait pas une manière unique pour composer leur équipage de guerre. L'armement de son vaisseau, le Lys, de soixante-quatorze canons sur lequel il a fait son immortelle campagne de Rio-Janeiro et diverses croisières heureuses, a été différent, suivant les conjonctures. — N'envisageant d'abord que la portion militaire de l'équipage, on trouve qu'il avait à bord du Lys :

En 1707, — 1 second capitaine, 4 lieutenants, 9 enseignes, 451 officiers mariniers et matelots, 169 soldats ou volontaires, 14 mousses. Total, 648 hommes.

Avec cet équipage, il a, dans la même journée, pris à l'abordage le Cumberland de quatre-vingt-deux canons, et rendu un combat sanglant contre le Devonshire de quatre-vingt-douze canons, qui a sauté en brûlant.

En 1708, — 1 second capitaine, 3 lieutenants, 6 enseignes, 121 officiers mariniers, 345 matelots, 8 gardes de la marine, 6 volontaires, 132 soldats, 22 mousses. Total, 624 hommes.

En 1709, — 1 second capitaine, 3 lieutenants, 8 enseignes,

95 officiers mariniers, 326 matelots, 120 soldats, 4 volontaires, 21 mousses. Total, 578 hommes.

En septembre 1709, — 1 second capitaine, 6 lieutenants, 8 enseignes, 448 officiers mariniers et matelots, 5 volontaires, 104 soldats, 21 mousses. Total, 593.

En 1711. — Dans l'expédition de Rio-Janeiro, 4 lieutenants dont 1 servant de major, 5 enseignes dont 1 lieutenant de compagnie, 1 sous-lieutenant d'artillerie, un chef de brigade, 83 officiers mariniers, 220 matelots, 6 hautbois et violons, 10 gardes de la marine, 4 volontaires, 304 soldats, 5 mousses. Total, 645 hommes.

D'après le décret impérial du 8 mars 1813, on eût embarqué sur un vaisseau de soixante-quatorze canons, un équipage de haut-bord de 699 hommes, moins son dépôt de 72 hommes, plus un complément d'équipage. — En résumé :

1 capitaine de frégate major, 5 lieutenants, 5 enseignes, 10 aspirants de 1re classe, 34 officiers mariniers, 347 matelots, 225 apprentis marins, 14 mousses dont 5 mousses cors, 1 par compagnie. Total, 641 hommes.

D'après les règlements en vigueur on embarquerait à bord d'un vaisseau de quatre-vingts, 4 compagnies permanentes, plus un complément d'équipage, savoir :

1 capitaine de frégate, 5 lieutenants, 5 enseignes, 10 aspirants, 69 officiers mariniers, 436 matelots, 104 apprentis marins, 24 mousses. Total, 654 hommes.

Le vaisseau anglais qui correspond le plus à notre vaisseau de quatre-vingts serait équipé par 1 lieutenant-major ou *commander*, 6 lieutenants, 68 officiers mariniers, 20 *midshipman*, 348 matelots, 11 volontaires, 150 soldats, 29 mousses. Total, 633 hommes.

Sans vouloir atténuer en rien le mérite des progrès réels accomplis depuis la paix dans les choses de la marine, qu'il me soit permis de considérer l'armée de mer comme le miroir fidèle où se réfléchit l'état de désagrégation introduit dans la société française à la suite de la révolution. Avec Duguay-Trouin, elle représentait l'ancienne France, et était organisée comme elle. En Angleterre elle reproduit les progrès lents mais continus d'un peuple émancipé, depuis deux siècles, des préjugés surannés du vieux monde féodal. Les équipages de haut-bord sont l'expression de l'époque impériale quand la marine, renaissant à l'espérance à la suite de quelques exploits partiels, entrevit un avenir de gloire qui n'a lui qu'un instant pour faire place, durant quelques années, à une éclipse totale, et finir, après les essais malheureux de trois ou quatre équipages de ligne, par l'organisation actuelle d'une division d'équipages de ligne dans chacun des cinq ports, et de compagnies permanentes, copies des dépôts, menues monnaies des équipages de haut bord, pâles reflets d'une grande pensée d'unité : les compagnies permanentes ne correspondent à rien dans la marine.

Quoi qu'il en soit, nous avons maintenant, en personnel exercé et en matériel excellent, tous les éléments d'un établissement maritime puissant ; le moment est venu de les coordonner d'après une règle invariable, et en vue du principe d'unité, base de toute force militaire. Pour cela, il n'y a pas d'autre moyen que de répartir tout le personel encadré des officiers, et des officiers mariniers, avec un certain nombre de matelots spéciaux que l'on encadrerait dans autant d'escadres que le comporte l'état actuel de nos bâtiments à flot. Chaque escadre se composerait d'un vaisseau et d'un certain nombre de navires à voiles et à vapeur, de toutes les grandeurs, depuis la plus grande frégate jusqu'au plus petit côtre.

IIe PARTIE.

Les particuliers ont des navires, il appartient à la France d'avoir des escadres.

L'étude foncière de la nature des choses, et le respect de l'œuvre de Dieu dans la mesure de l'esprit humain, sont les principes qui nous dirigeront dans l'examen que nous allons faire des avantages qu'il y aurait à diviser l'armée de mer en un nombre déterminé d'escadres permanentes, comprenant chacune au moins un navire des dix catégories de bâtiments (1) qui composent la flotte ; et le personnel correspondant en officiers, officiers mariniers et matelots spéciaux. Nous rangeons les bâtiments mixtes dans la famille des navires à voiles, attendu que la machine n'y doit être qu'auxiliaire.

1° Les institutions humaines doivent être en harmonie avec la mesure ordinaire d'intelligence départie à chaque homme. Or, dans l'état actuel de la marine, le personnel ci-dessus, dont les cadres existent en partie, appartient indistinctement à toute la flotte, soit 201 bâtiments à voiles, 110 bâtiments à vapeur. Total, 311 bâtiments à flot de toute grandeur. Il est de toute nécessité, pour la forte constitution que l'on doit donner à l'armée de mer, que les officiers des grades inférieurs connaissent à fond les diverses parties des navires sur lesquels ils sont embarqués. Aujourd'hui, c'est un apprentissage qu'ils sont obligés de faire à chaque nouvel embarquement. Cet inconvénient peut entraîner les plus fatales conséquences en temps de guerre, et dans tous les temps, il prive le personnel de la connaissance intime et fon-

---

(1) 1° Les vaisseaux ; 2° les frégates ; 3° les corvettes à gaillards ; 4° les corvettes à batterie barbette ; 5° les bricks ; 6° les bâtiments légers ; 7° les transports ; 8° les frégates à vapeur ; 9° les corvettes à vapeur ; 10° les avisos à vapeur.

cière de son navire, qui seule peut l'amener à la perfection désirable.

Si on répartissait le matériel en vingt-quatre escadres, ce qui paraît un nombre suffisant, chaque escadre se composerait de 13 bâtiments réunis sous l'autorité centrale d'un chef unique, qui serait naturellement un capitaine de vaisseau ayant déjà, autant que possible, exercé un commandement de son grade. Ces escadres seraient réparties ainsi qu'il suit :

Quatre à Cherbourg, — six à Brest, — trois à Lorient, — trois à Rochefort, — huit à Toulon.

Toutefois, il serait peut-être utile d'avoir deux escadres supplémentaires, qu'il serait loisible au Gouvernement d'attacher d'une manière variable à l'une ou à l'autre des cinq préfectures maritimes. Alors le nombre des navires afférent à chaque escadre serait ramené à douze, nombre encore plus commode, et le capitaine de vaisseau, chef d'escadre, pourrait plus facilement pourvoir avec une parfaite connaissance de cause aux besoins du matériel et du personnel, et fournir, sur l'heure, au préfet maritime, les renseignements précis dont le ministre peut avoir besoin, et que les capitaines de navires isolés, ou parfois les chefs des divisions navales, peuvent avoir intérêt à dissimuler.

2° Le personnel en officiers, officiers mariniers et matelots spéciaux étant attaché d'une manière invariable aux navires d'une même escadre, aurait un intérêt direct à leur conservation dans le meilleur état possible quand ils désarment, ce qui n'a pas lieu aujourd'hui ; car il n'est personne qui n'ait remarqué que la meilleure volonté possible et le plus grand zèle pour le service ne peuvent empêcher qu'on ne se désintéresse un peu des choses qu'on ne doit plus revoir et qui ne doivent plus vous servir. A quoi bon se donner de la peine pour que d'autres en profitent?

3° On éviterait au matériel ce changement de mains si préjudiciable à son bon entretien. Qu'un vaisseau désarme aujourd'hui, tout son matériel passe aux directions du port, des constructions

navales, de l'artillerie, qui doivent y faire les réparations nécessaires et le tenir prêt, sitôt qu'elles sont faites, pour un armement
nouveau. — C'est bien méconnaître les lois de l'esprit humain
(et l'expérience est là pour le démontrer) que de croire que des
officiers sédentaires et retirés par goût, ou par nécessité, ou par
état du service de la mer, auront cet instinct maritime, sans
lequel on ne fait rien de parfait en marine, et cet intérêt immé-
diat qu'y apporteraient ceux qui doivent s'en servir, et qui y met-
tront naturellement leur amour-propre, parce que là aussi sera
leur intérêt.

4° Le service intérieur des arsenaux, qui est un service de fabrication et de réparation, et qui exige des qualités, résultat précieux de la science et d'une expérience acquise à la mer, fourni-
rait des emplois aux officiers, officiers mariniers, mécaniciens
et matelots spéciaux qui se trouvent dans ces conditions, et que
leur âge, leur mérite particulier, ou des infirmités contractées à
la mer, empêchent de continuer le service actif. Il serait distinct
de celui des escadres, et les marins mis dans cette position qu'ils
auront demandée, n'auront pas contre le personnel navigateur
cette arrière mauvaise volonté qu'on rencontre trop facilement
dans les ports; car ils sortiront des escadres où ils auront été
connus et appréciés; et, de plus, ils seront chargés exclusivement
de l'armement des navires, qui ne seraient livrés aux escadres
que complètement gréés. Là serait leur spécialité, la satisfaction
légitime d'un amour-propre fondé; car, sous ce rapport, ils seront
supérieurs incontestablement à leurs anciens camarades, conti-
nuant sur les escadres le service de la mer.

5° Les officiers, officiers mariniers, mécaniciens et matelots
spéciaux, naviguant toujours ensemble, ou du moins sur des bâtiments appartenant à la même escadre, seront intéressés à se
comporter de manière à mériter chacun leur estime réciproque;
ils se connaîtront, s'apprécieront, sentiront leur force, et auront
confiance que, dès leur sortie du port, ils seront en état de se
mesurer avec n'importe quel ennemi. — Dieu seul donne la vic-

— 9 —

toire; ils auront pour eux toutes les chances que peut assurer la prévoyance humaine.

6° L'esprit d'isolement, qui est la plaie de la marine, s'effacera peu à peu, parce que chacun aura un centre auquel se rattacher, une famille dans le corps auquel il appartiendra, ce qui n'a pas lieu aujourd'hui. La solidarité qui pour nous est un mythe, sera créée.

7° Les préjugés que la moitié de la marine a contre l'autre moitié s'évanouiront; car, dans chaque escadre, le personnel aura les mêmes chances d'embarquement, et parcourra successivement, ou du moins sera en mesure de parcourir toute la série des navires à voiles et à vapeur, en commençant par l'aviso ou bâtiment léger, passant par le brick ou la corvette, et finissant par la frégate ou le vaisseau.

8° Ce résultat s'obtiendra en peu de temps; car nous avons maintenant armés, en armement ou en commission de port, 88 navires à voiles et 71 navires à vapeur ou mixtes, ce qui fait numériquement plus de la moitié du matériel des navires; mais ce qui met à la mer le tiers environ du personnel nécessaire à l'armement général de la flotte. Entrons dans quelques détails :

La station d'Islande, ou des mers du Nord, emploie 1 aviso à vapeur, 1 corvette mixte.

Terre-Neuve : 1 bâtiment léger, 1 transport.

Les Antilles : 1 frégate, 2 bricks, 2 avisos à vapeur.

Cayenne : 1 bâtiment léger, 1 aviso à vapeur.

Brésil et Plata : 3 frégates, 2 corvettes, 2 bricks, 2 bâtiments légers, 3 transports, 1 corvette à vapeur, 1 aviso à vapeur.

Les côtes occidentales d'Amérique : 2 frégates, 2 corvettes, 1 brick.

L'Océanie : 2 corvettes, 3 bâtiments légers, 2 transports, 1 corvette à vapeur.

L'Indo-Chine : 1 corvette, 1 corvette à vapeur.

La Réunion : 2 corvettes, 2 bâtiments légers.

L'Afrique occidentale : 1 bâtiment léger, 2 transports, 1 frégate à vapeur, 1 corvette à vapeur et 5 avisos à vapeur.

L'Algérie : 1 transport, 2 corvettes à vapeur, 1 aviso à vapeur, etc.

Le Levant : 1 frégate, 2 bricks, 1 corvette et 3 avisos à vapeur, 1 corvette mixte.

Les Ports : 8 vaisseaux, 6 frégates, 2 corvettes, 5 bricks, 5 bâtiments légers, 14 transports, 10 frégates à vapeur, 11 corvettes à vapeur, 21 avisos à vapeur, 1 aviso mixte.

L'Esadre d'évolution : 6 vaisseaux, 2 frégates à vapeur, 1 corvette à vapeur.

C'est seulement le 26 avril que j'ai pu me procurer, chez les libraires de Paris, l'état général de la marine pour l'année 1852. Bien qu'il n'ait paru que dans le premier mois du deuxième trimestre, il fourmille déjà d'erreurs essentielles. Ainsi, la station d'Algérie ne se composerait, suivant l'annuaire, que d'un transport, 2 corvettes et 1 aviso à vapeur, tandis que, à notre connaissance, elle se compose de : 1 transport et 6 bâtiments à vapeur. Quoi qu'il en soit, comme il faut bien s'arrêter à quelque chose pour établir la base d'un calcul, admettons les données ci-dessus comme toute la vérité, il en résulte que nous avons en bâtiments armés dans les stations navales et dans les ports :

Vaisseaux.	Canons.	Hommes.
Le *Valmy*...............	120	1087 sur le pied de guerre.
La *Ville-de-Paris*........	112	1087 ———
Le *Henri IV*............	100	915 ———
Le *Bayard*..............	90	810 ———
Le *Charlemagne* (450 chev.)	90	810 ———
Le *Duguesclin*..........	82	671 sur le pied de paix.
Le *Iéna*...............	90	810 sur le pied de guerre.
Le *Jupiter*..............	86	677 ———
Frégates.		
La *Belle-Poule*.........	60	444 sur le pied de paix.
A reporter....	830	7311

Frégates.	Canons.	Hommes.	
D'autre part..	830	7311	
L'Uranie.	60	513	sur le pied de guerre.
L'Andromède.	52	440	— —
La Pandore.	52	440	— —
La Sibylle.	52	440	— —
La Zénobie.	50	379	sur le pied de paix.
L'Algérie.	40	326	— —
La Constitution.	40	326	— —
La Jeanne d'Arc.	40	326	— —
La Pénélope.	46	326	— —
Corvettes à gaillards.			
L'Artémise.	30	228	— —
La Capricieuse.	30	228	— —
L'Eurydice.	30	228	— —
La Galathée.	30	228	— —
La Sérieuse.	30	228	— —
La Thisbé.	30	228	— —

24 grands bâtiments. — 1440 11995 marins.

Soit 11,995 marins embarqués sur 24 grands navires à voiles.

NAVIRES DE MOYENNE GRANDEUR.

		Canons.		Hommes.	
Les corvettes à bat- terie barbette...	La brillante...	24 canons,		284 hommes.	
	L'Expéditive..	14	—	102	—
	L'infatiguable.	14	—	102	—
	La Prudente..	14	—	102	—
	Le Chasseur...	20	—	113	—
Les bricks.......	L'Entreprenant	14	—	113	—
	Le Génie......	20	—	113	—
	Le Hussard...	20	—	113	—
	Le Mercure....	18	—	113	—
	A reporter..	158		1155	

D'autre part.....	158 canons,	1155 hommes	
L'Olivier.	18 —	113 —	
Le Messager...	10 —	102 —	
Le Fabert.....	4 —	102 —	
L'Alcyone. ...	» —	» —	

12 bâtiments, 190 canons, 1472 hommes.

En résumé, sur 12 navires moyens, 190 canons et 1472 marins.

NAVIRES LÉGERS.

Les Canonnières :	*L'Alouette*.	4 canons,	61 hommes.
	La Panthère......	4 —	61 —
	La Vigie........	4 —	61 —
Les Côtres :	*L'Écureuil, n° 1*...	» —	40 —
	Le Favori........	6 —	40 —
	L'Écureuil, n° 2...	2 —	20 —
Les Goëlettes :	*L'Églé*..........	2 —	24 —
	La Gentille......	2 —	24 —
	L'Iris..........	» —	20 —
	La Jouvencelle.....	2 —	24 —
	Le Papeïti (annexe).		
	Le Nouhiva, id.		
Le Chebeck :	*Le Bobérach*......	» —	24 —

13 navires, 26 canons, 399 hommes.

TRANSPORTS.

		Canons.	Hommes.
La frégate *Armide* (3ᵉ rang)............		»	289
Transport de 800 tonˣ.	*Adour*........	»	138
800 —	*Allier*........	»	138
800 —	*Aube*........	»	154, en guerre.
800 —	*Égérie*........	»	154 —
800 —	*Fortune*......	»	138 —
4000		»	1011

			Canons.	Hommes.	
Report...	4000		»	1011	
Transport de	800 —	Meurthe......	24	154,	en guerre.
	800 —	Moselle......	24	154	—
	800 —	Proserpine.....	14	154	—
	800 —	Durance......	14	154	—
	600 —	Loire........	»	98	—
	600 —	Perdrix.......	»	98	—
	600 —	Provençale.....	2	98	—
	550 —	Chandernagor..	»	98	—
	500 —	Giraffe.......	»	88	—
	500 —	Cormoran.....	»	88	—
	500 —	Marsouin......	»	88	—
	300 —	Bucéphale.....	»	71	—
	300 —	Cyclope.......	»	71	—
	260 —	Lézard........	»	62	—
	200 —	Ménagère.....	»	45	—
	150 —	Mayottais....	»	45	—
	90 —	Pilote........	»	45	—
	» —	Anna (annexe).			

24 transports, 12350 tonn.   2622 marins.

GRANDS NAVIRES A VAPEUR.

Les frégates :	Isly.......	650 chev.,	24 can.,	380 marins.
	Mogador....	650 —	16 —	380
	Asmodée. ...	450 —	16 —	264
	Eldorado....	450 —	» —	264
	Gomer......	450 —	14 —	264
	Labrador....	450 —	4 —	195, en paix.
	Orénoque. ...	450 —	4 —	195 —
	Sané........	450 —	14 —	264 —

8 navires, 4000 chev., 82 can., 2206 marins.

NAVIRES MOYENS A VAPEUR.

Les corvettes
à vapeur : *Berthollet*... 400 chev., 182 marins.

Navire	Chevaux	Marins	
R. Hortense.	400 —	182 —	
Tanger.....	300 —	123 —	
Caton......	260 —	123 —	
Archimède...	220 —	123 —	
Cassini....	220 —	123 —	
Chaptal. ...	220 —	123 —	
Espadon....	220 —	123 —	
Gassendi....	220 —	123 —	
Newton. ...	220 —	123 —	
Phoque.....	220 —	123 —	
Pluton.....	220 —	123 —	
Souffleur....	220 —	123 —	
Titan......	220 —	123 —	
Véloce......	220 —	123 —	
Éclaireur...	200 —	93 —	
Milan......	200 —	93 —	
Dauphin....	180 —	93 —	
Requin.....	180 —	93 —	
Brandon....	160 —	78 —	en transport.
Tartare.....	160 —	78 —	—
Crocodile...	160 —	78 —	—
Euphrate....	160 —	78 —	—
Grondeur...	160 —	78 —	
Météore.....	160 —	78 —	
Narval.....	160 —	78 —	
Phare......	160 —	78 —	
Solon......	160 —	78 —	
Styx......	160 —	78 —	
Cerbère.....	160 —	78 —	
Castor.....	150 —	78 —	

31 navires, 6450 chev., 3271 hommes.

PETITS NAVIRES.

Avisos à vapeur,	Chevaux.	Hommes.	
2ᵉ classe : Ajaccio......	120	62, guerre et transport.	
Ariel........	120	62	——
Biche........	120	62	——
Corse.......	120	62	——
Daim.......	120	62	——
Salamandre...	120	62	——
Sentinelle....	120	62	——
Vedette......	120	62	——
Averne......	120	62	——
Flambart....	120	62	——
Alecton......	80	52	——
Voyageur....	120	52	——
Rubis........	70	52	——
Chacal......	60	52	——
Liamone.....	50	37	——
Basilic......	30	37	——
Pingouin.....	30	37	——
Guet'n'Dar...	20	37	——

18 navires. — 1660 976.

Récapitulant, nous avons :

Navires à	Tonneaux.	Canons.	Chevaux.	Hommes.
voiles : 24 grands............	»	1440	»	11995
12 de moyenne grandeur.	»	190	»	1472
13 légers............	»	26	»	399
24 transports.........	12350	»	»	2622
Total... 73	12350	1656	»	16488
Navires à				
vapeur: 8 grands...........	»	»	4000	2206
31 moyens...........	»	»	6450	3271
18 légers.............	»	»	1660	976
Total... 57	»	»	12110	6453
Total génér¹: 130 navires,	12350	1656	12110	22938

Si on armait la flotte entière sur le pied de guerre, celle qui existe en réalité dans les ports :

		Hommes.	Hommes.	Hommes.
25 vaisseaux...............	6 de 1er rang..............	6522 à	1087	
	4 de 2e *idem*....................	3660 à	915	21811
	9 de 3e *idem*....................	7290 à	810	
	6 de 4e *idem*.....................	4062 à	677	
50 frégates...............	12 de 1er rang...............	6156 à	515	
	14 de 2e *idem*...................	6160 à	470	18964
	12 de 3e *idem*..................	3912 à	526	
	12 corvettes à gaillards............	2736 à	228	
53 corvettes à barbette, ou bricks:	15 corvettes à batterie barbette......	1650 à	110	
	20 bricks de 1re classe.............	2260 à	113	5566
	18 bricks-avisos.................	1656 à	92	
43 bâtiments légers...........	43 canonnières, côtres, goëlettes, etc.	2236 à	52	2236
30 transports................	10 de 800 tonneaux..............	1540 à	154	
	9 au-dessus de 500.............	882 à	98	3043
	4 au-dessus de 250.............	296 à	69	
	7 au-dessous de 250.............	315 à	45	

TOTAL : 191 navires à voiles, montés par................................ 51523 marins.

		Hommes.	Hommes.	Hommes.
1 vaisseau à vapeur.........	1 de 960 chevaux................	810 à	810	810
20 frégates à vapeur.........	2 de 650 *idem*................	760 à	380	
	2 de 540 *idem*..............	608 à	304	5592
	16 de 450 *idem*..............	4224 à	264	
85 corvettes ou avisos........	6 de 1re classe, 400 à 520 chevaux..	1092 à	182	
	22 de 2e *idem*, 500 à 220 *idem*...	2706 à	125	8200
	52 avisos de 1re cl., 200 à 160 chev..	2976 à	93	
	25 avisos de 2e cl., 120 et au-dessous	1426 à	62	
7 bâtiments mixtes...........	1 vaisseau de 3e rang............	810 à	»	
	1 frégate de 3e *id*.............	526 à	»	1423
	2 corvettes....................	246 à	»	
	1 aviso......................	41 à	»	

TOTAL...... 111 navires à vapeur ou mixtes....... 16025 marins.

On aurait 191 navires à voiles, montés par.......... 51523 marins.

111 — à vapeur ou mixtes, montés par.. 16025 —

TOTAL..... 302 — montés par................. 67348 marins.

On voit par là que, en l'année 1852, la France entretient à la mer environ le tiers du personnel effectif qu'il lui faudrait pour armer ses 302 navires à flot, tandis qu'elle en a 131 ou 130, sans compter l'Alcyone, un peu plus du tiers : 0,43. Si donc toutes les diverses parties de la marine étaient homogènes, et que la durée de l'embarquement fût uniformément de deux ans pour tous les marins comme pour les officiers, il faudrait une période de six années pour obtenir, en faveur de tous, l'expérience résultant d'un armement général.

Passons d'abord en revue les officiers :

	Lieutenants.	Enseignes chefs.	Ens. s.-chefs de quart.
2 vaisseaux de 120......	12	»	14
1 vaisseau de 100......	6	»	6
5 vaisseaux de 90. ...	25	»	25
2 frégates de 1er rang...	6	4	4
4 idem de 2e id....	12	8	4
4 idem de 3e id....	12	8	4
6 corvettes à gaillards..	12	18	»
Total... 24 G.N...............	85	58	57
4 corvettes à barbette...	4	12	»
8 bricks de 1re classe...	8	24	»
15 navires légers........	13	13	»
14 transports au-dessus de 500 tonneaux.......	14	56	»
10 transports au-dessous.	10	30	»
Total... 49 N.M.	49	135	»
Total gén¹, 73 navires.	134	173	57
8 frégates à vapeur......	40	»	»
15 corvettes à vapeur. ...	30	50	»
16 avisos de 1re classe....	16	48	»
18 idem de 2e idem....	18	36	»
57 N.V...............	104	114	»
Soit, sur 130 nav. à voiles ou à vap.,	238	289	57 ou 546 enseignes.
Les cadres étant de...............	650 lieutenants et	550	—
Il reste à terre...................	412 lieutenants et	204	—

qui sont employés à bord des navires en commission, à la direction des ports, au service de la majorité générale et de la division des équipages de ligne, ainsi qu'aux conseils de guerre, commission de recette et de visite ; enfin une partie qui sont en congé.

2

Examinons le service des ports :

			Direction du port.	Majorité.	Conseils de guerre.	Équipages de ligne.
On trouve dans le 1er arrondissem.t, à Cherbourg...			4 lieut.	2	2	2
		au Havre......	1	»	»	»
——	2e	—— à Brest........	6	4	2	4
		à St-Servan....	1	»	»	»
——	3e	—— à Lorient......	4	2	2	2
		à Nantes.......	1	»	»	»
——	4e	—— à Rochefort....	4	2	2	2
		à Bordeaux. ...	1	»	»	»
		à Bayonne.....	1	»	»	»
——	5e	—— à Toulon......	6	4	2	4
		en Algérie.....	12	»	»	»

Soit 80 lieutenants de vaisseau employés aux directions, ma-
jorités, conseils de guerre, équipages de ligne. Au lieu de nous
donner une foule de détails insignifiants ou indiscrets, l'*Annuaire*
gagnerait à nous informer de ces choses qui sont vraiment importantes, ainsi que des officiers employés comme aides-de-
camp auprès des gouverneurs de colonies. Le chiffre des officiers
ainsi employés porte le nombre des lieutenants de vaisseau oc-
cupant des emplois indispensables à terre, à environ 100. Ajou-
tons-y pour les navires en commission de port et le vaisseau
école.

5 vaisseaux...........	5 lieutenants,	5 enseignes.	
Le Borda.	7	—	» —
6 frégates...........	6	—	6 —
2 corvettes...........	2	——	2 —
4 bricks.............	4	—	4 —
8 transports..........	8	——	8 —
5 frégates à vapeur....	5	—	» —
7 corvettes à vapeur....	7	——	7 —
5 avisos.............	5	—	» —
43	49	32 enseignes.	

On aura 149 lieutenants et 32 enseignes à retrancher

des 412 *id.* et 204 *id.* à terre, ce qui fait

263 lieutenants et 172 enseignes pour le service éventuel des commissions de recette et autres, et les congés. Ces officiers, dont le nombre dépasse un peu, au moins pour les lieutenants de vaisseau, celui de ceux qui servent activement à la mer ne se rattachent absolument à rien. Qu'ils soient en congé ou dans les ports, ils appartiennent à la marine française. Beaucoup de personnes le trouvent trop faible pour la grandeur du pays ; elle est ce qu'elle doit être, et le personnel n'est que bien juste ce qu'il faut pour le matériel que nous possédons. Toutefois je la crois si grande dans son état actuel que je n'ai pu encore rencontrer un seul officier la connaissant tout entière, et c'est assez naturel : en effet, à quoi bon acquérir la connaissance spéciale et intime de bâtiments que l'on ne doit peut-être plus revoir ? La curiosité d'apprendre a son temps, et une vie d'homme ne peut pas être un continuel apprentissage. C'est pourtant ce qui a lieu aujourd'hui pour tout le monde en général ; mais plus particulièrement pour les officiers qui n'exercent pas le commandement des navires. Il est évident qu'en rattachant les officiers à un nombre déterminé de navires de toute grandeur à voiles et à vapeur, on n'augmentera pas leurs chances de navigation qui dépendent du nombre des armements, subordonné lui-même à la politique et aux besoins de la France. Mais on aura cet avantage immense et dont on ne saurait calculer toute la portée, c'est que l'expérience acquise sera un patrimoine, aussi bien pour les individus que pour le corps dont ils feront partie. Leur amour-propre légitime, qui compose le fond du caractère français, sera satisfait ; ce qui est loin d'avoir lieu aujourd'hui.

Mais les officiers, chefs de quart, lieutenants de vaisseau et enseignes ne sont pas les seuls qui seront intéressés dans la question de la répartition des navires de l'armée de mer en un nombre déterminé d'escadres permanentes. Les officiers restent d'ordinaire deux ans embarqués sur le même navire ; ensuite ils vont

à terre, en congé, ou dans le port, se noyer dans l'océan de la liste
d'embarquement, et attendre que le sort décide du navire nouveau qu'ils seront appelés à étudier. La maistrance reste d'ordinaire plus longtemps, aussi longtemps souvent que chaque navire reste armé : de là, certains avantages locaux incontestables
en faveur de quelques maîtres, et d'où est venu chez les vieux
marins d'attacher plus d'importance à ces sous-officiers qu'aux
officiers eux-mêmes dans certains états-majors. — Dans un corps
bien constitué la hiérarchie est une; on ne l'enfreint jamais im-
punément. Comme dans ces derniers temps, le Gouvernement a
eu l'heureuse idée de créer des cadres de seconds maîtres après
les réclamations bien souvent réitérées depuis un grand nombre
d'années; nous envisagerons d'un seul bloc, premiers maîtres,
maîtres et seconds maîtres, qui, à mon avis, doivent tous con-
verger vers l'unité, ce principe essentiel de toute bonne constitution.

Nous avons en mer (*Voir le tableau ci-contre.*) :

	MANŒUVRE		CANONNAGE		TIMONERIE		CAPITAINES D'ARMES		MÉCANICIEN		CHARPENTAGE		CALFATAGE		VOILERIE		ARMURIER-FORGERON	
	1er Maître	2e Maître	1er Maître	2e Maître	1er Maître	2e Maître	1er Maître	Sergent	1er Maître	Maître	Maître	2e Maître	Maître	2e Maître	Maître	2e Maître	Maître	2e Maître
2 vaisseaux de 120	2	12	2	14	2	6	2	4	»	»	2	6	2	6	2	6	2	2
4 — de 100	1	6	1	6	1	3	1	2	»	»	1	3	1	5	1	3	1	1
5 — de 90	5	25	5	25	5	15	5	4	»	»	5	10	5	15	5	10	5	5
2 frégates de 1er rang	2	6	2	6	2	6	2	10	»	»	2	4	2	4	2	4	2	2
4 — de 2e	4	12	4	12	4	8	4	4	»	»	4	4	4	8	4	4	4	4
4 — de 3e	4	12	4	12	4	4	4	4	»	»	4	4	4	6	4	4	4	4
6 corvettes à gaillards	6	12	6	12	6	6	6	6	»	»	6	6	6	6	6	6	6	6
TOTAUX (24)	24	85	24	83	24	46	24	26	»	»	24	51	24	46	24	39	18	24
4 corvettes à batterie barbette	»	8	»	4	»	4	4	4	»	8	»	4	»	4	»	4	»	4
8 bricks de 1re classe	»	16	»	16	»	16	8	8	»	15	8	»	8	»	8	8	»	8
13 navires légers (canonnières)	»	13	»	15	»	13	13	13	»	16	»	4	»	4	»	4	»	13
14 transports au-dessus de 500 tonneaux	14	14	»	14	»	14	14	»	»	16	»	4	»	4	»	4	»	14
10 — au-dessous	»	10	»	10	»	10	10	»	»	56	»	10	»	10	»	10	»	10
TOTAUX (49)	14	61	»	57	»	36	36	15	»	100	»	22	»	26	»	26	»	47
8 frégates à vapeur	8	16	8	8	8	8	8	8	8	8	8	»	8	»	8	8	8	8
15 corvettes à vapeur	»	30	»	16	»	15	15	»	15	15	»	15	»	15	»	15	»	15
16 avisos de 1re classe	»	16	»	16	»	16	16	»	16	16	»	»	»	»	»	»	»	»
18 — de 2e	»	18	»	18	»	18	18	»	»	»	»	15	»	»	»	»	»	»
TOTAUX (57)	8	80	8	58	8	57	57	8	39	39	8	52	8	52	8	23	8	23
RÉSUMÉ. 150 navires	46	226	32	203	53	139	99	47	39	100	52	68	32	87	24	88	18	94

Le tableau ci-dessus, dressé conformément aux règlements en vigueur pour la composition des équipages sur le pied de guerre, et assimilant toutes les corvettes à batterie barbette aux corvettes avisos, les transports au-dessous de 500 tonneaux aux gabares de 300 tonneaux, et les avisos à vapeur de 2ᵉ classe aux 120 chevaux, nous montre qu'il faut à bord des 130 navires armés :

Pour la manœuvre, 46 premʳˢ maîtres, 226 seconds maîtres.
— le canonnage, 32 —— 205 ——
— la timonnerie, 32 —— 139 ——
— les armes, 99 cap. d'armes, 47 sergᵗˢ d'armes.
— les machines, 39 premʳˢ maîtres, 100 maîtres.
— le charpentage, 32 maîtres, 68 seconds maîtres.
— le calfatage, 32 — 87 ——
— la voilerie, 24 — 88 ——
— l'armurerie et forge, 18 — 94 ——

Ces neuf spécialités distinctes qui, si les navires mixtes se multiplient, deviendront nécessaires à bord de chacun des navires de la flotte convergent vers l'officier chef de quart, et constituent avec lui le corps du personnel des escadres.

Leur cadre actuel étant fixé ainsi qu'il suit :

Manœuvre, 120 premiers maîtres, 420 seconds maîtres.
46 —— 226 —— embarqués.
Canonnage, 80 —— 580 ——
32 —— 205 —— embarqués.
Timonnerie, 60 —— 190 ——
32 —— 159 —— embarqués.
Capitaines d'armes [1], 99 —— 47 sergents d'armes ——
Charpentage, 60 maîtres, 110 seconds maîtres.
32 —— 68 —— embarqués.
Calfatage, 50 —— 130 ——
32 —— 87 —— embarqués.
Voilerie, 40 —— 120 ——
24 —— 88 —— embarqués.
Armurerie et forge [2], 18 » —— ——

On voit qu'il reste à terre pour le service des directions du port et les navires en armement ou en commission, ainsi qu'à la division des équipages de ligne :

74 premiers maîtres de manœuvres, 194 seconds maîtres.
44 —— de canonnage, 175 ——

[1] Ces derniers fournis par l'artillerie ou l'infanterie de marine, selon les besoins du service.
[2] Fournis par l'artillerie, selon les besoin du servive.

28 premiers maîtres de timonnerie, 51 seconds maîtres.

28 maîtres de charpentage,   42   ——.

18 — de calfatage,   43   ——

12 — de voilerie,   32   ——

Disons un mot sur les vices de la hiérarchie des officiers mariniers et mécaniciens qui composent l'ensemble du personnel naval, et qu'il nous paraît aussi urgent que juste, rationnel et économique, de réunir dans l'unité militaire des escadres.

1° *Manœuvre.* — Soient les premiers maîtres de manœuvre, dont la spécialité est le fondement même de la marine. Nous remarquons tout d'abord que, sur seize catégories de navires, il y en a sept qui ne comportent pas d'officiers mariniers de ce grade. Si donc il est indispensable d'avoir été premier maître de manœuvre pour arriver à l'épaulette d'enseigne de vaisseau, voilà sept espèces de navires frappés de stérilité sous ce rapport. Ce sont, pour l'année 1852, suivant l'Annuaire :

4 corvettes à batterie barbette ;

8 bricks de première classe ;

13 navires légers ;

10 transports au-dessous de 500 tonneaux ;

15 corvettes à vapeur ;

16 avisos de première classe ;

18 avisos de deuxième classe.

En tout, 84 bâtiments sur 130 d'armés.

Ou ce grade de premier maître de manœuvre n'est pas nécessaire dans la marine, ou il est nécessaire partout. Une hiérarchie bien constituée ne souffre pas de solution de continuité. Quel marin voudrait soutenir que ces gabarres, puisqu'il faut les appeler par leur nom, avec lesquelles on fait des campagnes autour du monde, et des voyages de découvertes, ces bricks de 1re classe, qui font la grande navigation des mers de l'Océanie et des Indes, ne trempent pas fortement les officiers mariniers, et ne les disposent pas admirablement à enrichir le corps des officiers, de l'élite des gens pratiques du métier ? Au reste, il en est de même de toute espèce de navire armé et faisant la vraie navigation sur les côtes d'Europe ou de France ; car les coups de vent sont de tous les pays, et plus communs même sur nos côtes de l'Océan que dans certaines grandes navigations auxquelles, du reste, on ne saurait, sans injustice, dénier leur mérite. Quand même on conserverait, dans la marine, cet échelon . . . . que n'a pas l'armée de terre (car un sergent est apte à passer sous-lieutenant aussi bien qu'un sergent-major et un adjudant), la création des escadres où la direction d'un chef, et une règle invariable présideraient aux embarquements sur les divers navires, obvierait aux inconvénients que présente cette lacune regrettable. Toujours est-il vrai qu'il reste à terre soixante-quatorze premiers maîtres de manœuvre, dont beaucoup pourraient être employés plus utilement à bord des navires armés, même d'un rang inférieur aux corvettes de vingt-quatre. — C'est ce qui se pratique parfois, avec une peine incroyable, à cause de la différence de solde ; il y a bien d'autres économies à faire sur le budget de la marine. — A mon avis, l'exception devrait être la règle. — Car on doit se proposer, dans tout progrès vrai, d'améliorer toutes choses par l'esprit rénovateur des institutions, sans rien changer, autant que possible, aux anciens noms. Les maîtres d'équipage d'aujourd'hui sont loin d'être à bord ce qu'ils étaient autrefois. — Les officiers sont trop instruits dans les détails pratiques les plus minutieux, souvent de matelotage même, pour qu'ils puissent laisser la direction des opérations de la cale et des travaux du gréement à des marins que leur intelligence et leur bonne conduite ont élevé au grade de sous-officier de la marine. — En réalité, nous n'avons plus de maîtres d'équipage, et il ne saurait en être autrement, puisque l'esprit du siècle a renversé la barrière qui, avant la Révolution, les séparait du grade d'officier. — Aujourd'hui les vrais maîtres d'équipage sont les officiers adonnés au gréement, et le plus souvent les seconds.

2° *Le Canonnage.* — Les mêmes observations pourraient s'appliquer aux premiers maîtres canonniers ; comme les premiers maîtres de manœuvre, ils n'embarquent pas sur les navires inférieurs aux corvettes à gaillards. Cette spécialité, malgré son importance, n'étant pas la première de la marine, il est sans inconvénient qu'il ne s'en trouve pas d'embarqués sur les bâtiments inférieurs : la création des escadres fournira, du reste, à ceux qui ont des dispositions, les moyens nécessaires pour arriver au grade d'officier. Mais ce sera toujours assez rare ; car une mesure indispensable serait de pouvoir passer d'une spécialité dans une autre au moyen d'un examen, et les postes qu'ils ont à bord, dans les manœuvres générales, sont peu propres à déterminer la vocation vers les manœuvres hautes.

3° *Timonnerie.* — Les premiers maîtres de timonnerie sont de tous les sous-officiers de la marine ceux que l'on voit arriver le plus fréquemment au grade d'enseigne de vaisseau : c'est que leur spécialité est en réalité celle qui se rapproche le plus de celle de l'officier chef de quart, à bord de toute espèce de bâtiment. Je pourrais faire à leur sujet la même observation qu'à l'égard des premiers maîtres de manœuvre. Pourquoi n'y en a-t-il pas sur tous les bâtiments, et comment se fait-il que le passage, sur un vaisseau, ou tout au moins sur un navire portant une batterie couverte, soit nécessaire à ces sous-officiers pour remplir ensuite les fonctions d'enseigne (qu'on doit regarder comme plus importantes), sur le plus petit aviso à voiles ou à vapeur ? Il y a là une anomalie qui ne s'explique que par un vieux souvenir du passé, qui s'attache naturellement aux maîtres de timonnerie ? Avant la Révolution, qui a englouti la vieille société française, le pilote était en fait l'officier marinier le plus capable d'accéder au commandement : il possédait dans son art des connaissances pratiques qui ne pouvaient être suppléées par personne. — Mais aujourd'hui le pilotage de nos bâtiments de guerre est tout entier entre les mains du commandant, qui a pour le seconder l'officier chargé

des montres. La précision mathématique de nos cartes supplée
plus ou moins à la connaissance pratique des pilotes d'autrefois.
Mais, dans tous les cas, rien dans l'éducation de nos chefs de
timonnerie actuels ne les conduit à acquérir cette connaissance
profonde de la manœuvre du navire qui était l'apanage des anciens pilotes. Leur spécialité se borne à la propreté de l'habitacle,
à entretenir en bon état, et toujours prêts à servir les fanaux
de signaux et autres, les drosses du gouvernail; ils connaissent
la tactique. Mais les officiers qui s'en rapporteraient complètement aux chefs de timonnerie pour lire dans le livre des
signaux, seraient souvent mis dans l'erreur! Malgré toutes ces
défectuosités de l'état actuel des choses, comme c'est l'usage de
voir parvenir par ce grade à celui d'officier, et que la position
est merveilleusement commode pour s'instruire du devoir d'officier chef de quart, il nous semble que tous les maîtres indistinctement devraient pouvoir, moyennant un examen préalable, se
préparer par cette voie à devenir enseignes de vaisseau, à partir
du grade de second maître, qu'il est indispensable de conserver
dans toute sa simplicité spéciale. — Ainsi, les seconds maîtres
de manœuvre, de canonnage, les seconds capitaines d'armes,
ou capitaines d'armes de 2e classe, les maîtres mécaniciens; les
seconds maîtres charpentiers, calfats, voiliers, et armuriers for-
gerons, seraient aptes à devenir premiers maîtres de timonnerie;
et il y aurait un premier maître de timonnerie à bord de tous
les bâtiments de la flotte : il serait le trait d'union entre les officiers mariniers et les officiers de marine, grade correspondant en
fait et en droit à celui de sous-lieutenant dans l'armée de terre,
et équivalent dans la marine à celui d'aspirant de première classe,
avec lequel il concourrait pour l'ancienneté ou le choix; toute la
différence, c'est qu'embarqués sur les navires d'un rang inférieur
aux corvettes, à batterie couverte, les chefs de timonnerie, en
faveur desquels il conviendrait peut-être de ressusciter le vieux
nom de pilote, y feraient de droit le service d'officier.

4° *Capitaines d'armes.* —Les capitaines d'armes sont, comme chacun sait, les officiers mariniers, ou pour parler plus exactement, suivant l'esprit nouveau qui souffle sur la marine, les sous-officiers de marine qui sont à bord l'instrument de la discipline de l'équipage, entre les mains du second, et, de plus, les instructeurs d'armes. Il n'est pas extraordinaire que ceux qui ont écrit sur la nécessité d'avoir, dans la marine, un corps de fusiliers matelots, n'aient pas vu dans les capitaines d'armes la source vraie et naturelle des officiers de marine qui doivent connaître plus spécialement les manœuvres d'infanterie et le maniement du fusil. Car le vice de nos institutions oblige les seconds maîtres à s'enferrer dans leur spécialité en devenant premiers maîtres de manœuvre, de canonnage, ou capitaines d'armes, pour passer enseignes de vaisseau, ce qui fait qu'on en trouve si peu qui en proviennent. —Il est bien évident pourtant, par la nature des choses, que la timonnerie est moins une spécialité qu'un art. — En moins d'un mois, un marin doué d'intelligence, et déjà formé aux habitudes du bord en saura ce qu'il faut pour être un parfait chef de timonnerie, en ce qui concerne le métier. Quant à l'art de la navigation, vers lequel il doit s'élever par la perspective de l'épaulette d'officier, il est à bonne école pour apprendre, et tout-à-fait aux premières loges pour acquérir de l'expérience dans l'art de la manœuvre, pour peu que la nature l'ait doué d'un jugement sain.

5° *Machines.* —Les premiers maîtres mécaniciens ont dû à l'élément interne de locomotion qui les a fait éclore dans la marine, une organisation plus rationnelle, à certains égards, que les premiers maîtres, et les maîtres des autres professions maritimes qui, soit dit en passant, ne leur cèdent en rien pour l'utilité, quoiqu'elles soient bien plus anciennes. C'est une opinion assez généralement justifiée que les premiers maîtres mécaniciens, les plus excellents, font d'assez médiocres enseignes de vaisseau. Je pourrais répéter ici, mot pour mot, ce que j'ai dit pour les capitaines d'armes et les premiers maîtres de manœuvre et de canonnage, c'est qu'il y a une lacune dans l'organisation de la marine à leur égard. On ne peut sortir du fond de la cale ou de la chambre d'une machine pour faire immédiatement le service d'officier sur le pont d'un navire; il faut auparavant avoir appris à le connaître; et pour cela je ne sais pas de meilleur moyen qu'un examen facile du reste, qui permettrait aux maîtres mécaniciens de devenir chefs de timonnerie.

6° *Charpentage.* — Cette classe d'officiers mariniers n'est pas admise à l'honneur d'avoir des premiers maîtres, c'est un usage reçu, et il n'y a pas grand inconvénient : il faut, indépendamment de la hiérarchie dans chacune des spécialités de la marine, la hiérarchie entre toutes les spécialités; et pour cela le mieux est de se conformer au rang de l'ancienneté et aux usages reçus. Mais si l'état d'officier est l'art de la navigation, je ne vois pas pourquoi on priverait le corps, qui doit dominer par l'intelligence, des secours éventuels qu'il pourrait retirer de la valeur intrinsèque qu'il acquerrait en ayant dans son sein le génie pratique de la construction navale. Les seconds maîtres charpentiers devraient être admis à devenir chefs de timonnerie, moyennant un examen.

7° *Calfatage.* — Malgré l'introduction récente dans la flotte d'un certain nombre de navires en fer, le calfatage aura toujours son importance sur tout ce qui flotte ou est destiné à flotter sur les eaux. — Il serait injuste de priver du droit d'arriver au grade de chef de timonnerie, cette spécialité si intéressante, aucuns disent assommante. Les calfats ne sont-ils pas de la grande famille maritime ?

8° *Voilerie.* — Les droits des maîtres, ou plutôt des seconds maîtres voiliers, à la contre-épaulette de chef de timonnerie, sont encore plus évidents que ceux des maîtres calfats, surtout quand ils ont de l'intelligence.

Une organisation rationnelle, basée sur la nature des choses et conforme à l'esprit du siècle, ouvrirait la carrière d'officier à toutes les spécialités diverses de la marine, en obligeant les seconds maîtres de chaque profession, qui sont susceptibles de s'élever à l'art de la navigation, à passer par la voie commune des chefs de timonnerie, ce qui établirait l'unité au point où elle doit être. Cela posé, on demandera peut-être ce que deviendront les premiers maîtres de manœuvre, de canonnage, les capitaines d'armes, les premiers maîtres mécaniciens, les maîtres charpentiers, maîtres calfats, maîtres voiliers, les armuriers-forgerons qui, à bord, deviennent aussi marins que les mécaniciens?

Rien ne sera changé à leur égard. Dieu, qui a fait tout pour le mieux en toutes choses, n'a pas départi à tous les hommes le même degré d'intelligence. Il n'est donné qu'aux natures privilégiées de s'élever dans l'art, en parlant du métier. — C'est aux bonnes institutions à se conformer à l'esprit de ces règles immuables. Mais presque tous les hommes peuvent arriver à un certain degré de perfection dans un métier auquel ils vouent leur existence, et c'est ce qu'indiqueraient les appointements relatifs de tous ces bâtons de maréchal des diverses spécialités de la marine. A ce titre, je regarderais comme un bien que les chefs de timonnerie fussent les moins payés de tous. Quand on veut quitter un métier pour un art, il est naturel de montrer par la perte de quelques écus qu'on est au-dessus des considérations d'argent. Ainsi l'exigent la nature des choses et la morale d'état.

Il serait bien difficile même aux hommes les plus versés dans la matière, à ceux dont les choses de la marine ont été l'unique étude, de dire sur quelles bases sont établis les cadres actuels des divers fragments de corps qui, réunis par le lien indispensable des escadres, formeraient le corps unique, le vrai corps de la marine.

Le corps des mécaniciens me paraît constitué de la manière la plus raisonnable en ce que les besoins du service sont ce qui détermine son étendue, d'ailleurs illimitée, et dont deux compagnies forment le cadre élastique. — Je n'ai pu rencontrer encore depuis vingt ans que j'ai l'honneur de servir dans la marine, une seule personne qui ait pu m'indiquer la base, me donner la clef de la composition réglementaire de nos équipages. — J'ai entendu tout le monde se plaindre, suivant les conjonctures de la manière dont ils étaient formés. Quoi qu'il en soit, le gouvernement, qui a créé des cadres de maîtres et de seconds maîtres, sait bien aussi, que cela ne suffit pas pour assurer le bon armement des navires. — Il faut encore des quartiers-maîtres, des matelots spéciaux. — Le tableau ci-après fera voir dans quelle proportion ils devraient exister pour l'état actuel de nos armements en l'année 1852.

	QUARTIER MAITRE OU CONTRE-MAITRE.								MATELOTS.						
	Manœuvre.	Canonnage.	Timonerie.	Charpentage.	Calfatage.	Voilerie.	Machines.	Fourriers.	1re classe.	2e classe.	3e classe.	Apprentis marins.	Mousses.	Ouvriers chauffeurs.	Matelots-chauffeurs.
Grands navires.... 24															
2 vaisseaux de 1er rang	40	38	8	6	6	6	»	14	540	540	762	558	78	»	»
1 vaisseau de 2e rang	20	18	4	5	5	5	»	6	142	142	300	156	56	»	»
3 — de 3e	90	80	20	13	10	13	»	23	625	625	1580	650	130	»	»
2 frégates de 1er rang	22	20	4	4	2	4	»	8	148	148	318	182	42	»	»
4 — de 2e	40	40	8	8	4	8	»	12	252	252	320	312	72	»	»
4 — de 3e	28	28	8	8	4	6	»	8	176	176	400	208	60	»	»
6 corvettes à gaillards	36	50	6	6	6	4	»	12	180	180	372	254	72	»	»
TOTAUX....	276	254	38	50	35	46	»	85	1863	1865	4052	2080	510	»	»
Bâtim.ts inférieurs.. 49															
4 corvettes à batterie barbette (avisos)	12	12	8	4	8	4	»	4	40	40	112	52	52	»	»
8 bricks de 1re classe	24	24	16	8	8	8	»	8	80	80	224	104	72	»	»
15 navires légers (canonnières)	26	26	26	15	14	15	»	14	63	63	156	»	65	»	»
14 transports au-dessus de 500 tonneaux	56	70	28	14	10	14	»	»	280	280	490	564	196	»	»
10 — au-dessous de 550	30	10	10	10	10	10	»	»	70	70	220	»	50	»	»
TOTAUX....	148	142	88	49	45	49	»	26	353	353	1202	320	345	»	»
Navires à vapeur.. 37															
8 frégates de 540 chevaux	52	52	8	8	8	8	48	16	312	312	616	512	96	128	128
15 corvettes de 2e cl., 500 à 220 chevaux	30	30	15	16	16	15	30	13	165	165	350	500	90	105	90
52 avisos de 1re classe	52	16	16	16	»	16	52	16	112	112	224	286	64	96	64
18 — de 2e	36	18	18	18	»	18	36	»	72	108	180	72	36	56	54
TOTAUX....	130	96	57	42	24	37	146	47	664	697	1530	940	286	385	356
RÉSUMÉ...... 130 navires	556	492	203	141	104	152	146	158	2059	3098	6604	3540	1141	385	356

Si tous les bâtiments actuellement à la mer étaient armés sur le pied de guerre, nous aurions en quartier-maîtres ou contre-maîtres :

555 pour la manœuvre ;
492 — le canonnage ;
203 — la timonnerie ;
141 — le charpentage ;
104 — le calfatage ;
152 — la voilerie ;
146 — les machines à vapeur ;
158 — fourriers enfin.

TOTAL.... 1951 marins.

La timonnerie ou pilotage étant l'art de la navigation par excellence, tous les quartiers-maîtres d'état, qui ont des aspirations vers les parties élevées de la marine, devraient pouvoir être admis, suivant un examen déterminé, à arriver au grade de second maître de timonnerie, qui, par ce moyen, acquerrait une valeur pratique qu'il est loin d'avoir aujourd'hui, même depuis l'introduction, ou, suivant quelques-uns, l'intrusion des volontaires ou aspirants auxiliaires. De cette façon, l'essor des sujets intelligents ne serait gêné à aucun point de la carrière, puisque quartier-maîtres de manœuvre, de canonnage, de charpentage, de calfatage, de voilerie, et enfin les contre-maîtres de la machine pourraient, après avoir rempli certaines conditions, mettre le cap sur le but de tout esprit élevé au-dessus des aptitudes matérielles du métier. Cette faculté ne détruirait nullement la valeur intrinsèque des spécialités relatives ; mais, au contraire, serait de nature à exciter leur émulation, en leur donnant un centre commun pour les coordonner toutes.

Fourriers. — Les fourriers sont le pivot de l'administration des compagnies permanentes par les lieutenants de vaisseau capitaines. A bord, on les emploie d'ordinaire au service de la timonnerie ; ils ont le rang de quartier-maître ; par fois, on les voit

porter les galons d'or de sergent ; mais ce sont toujours des galons postiches. Le fourrier, dans l'état actuel, est la plus grande
anomalie qui puisse exister dans un corps qui se piquerait d'être
constitué sur des bases un peu raisonnables. Le jeune marin qui
se lance dans cette impasse, prend une voie maudite ; car, par
fois, après avoir porté des années les galons de caporal, et même
de sergent, il n'est plus même apte à passer matelot de première
classe, même de deuxième. Pour donner une idée de la manière
dont sont traités (je devrais dire maltraités) ces humbles servi-
teurs de l'État, j'extrais d'une circulaire ministérielle, du 2 avril
1837, le passage suivant : « Il est bien entendu que lorsqu'un four-
» rier ayant rempli, vu son instruction et sa fermeté, les fonctions
» de capitaine d'armes de troisième classe (On les admet à ce fal-
» lacieux honneur.) débarquera avant d'avoir acquis le grade de
» quartier-maître, il reprendra à la division sa position de four-
» rier, jusqu'à ce qu'il ait pu devenir officier marinier, par suite
» d'avancement à la mer. » C'est ainsi que les fourriers sont appelés à rouler sans cesse le rocher de Sisyphe. Il ne devrait pas
y avoir de parias dans un corps bien constitué, et c'est précisé-
ment le cas des fourriers des compagnies permanentes. Ou leurs
fonctions sont inutiles, et il faut les supprimer, ou elles sont nécessaires, et il faut les rattacher à quelque chose. Nous avons in-
diqué au commencement de ce paragraphe que les fourriers fai-
saient les écritures pour les capitaines de compagnie, et que de
plus, ils partageaient avec les titulaires le service de la timonnerie. Il nous semble que ces deux fonctions peuvent parfaitement
se cumuler en un seul grade. Nous avons 203 quartier-maîtres
de timonnerie et 158 fourriers. Les 158 fourriers deviendraient
d'emblée quartier-maîtres de timonnerie, ou bien l'on prendrait
158 quartier-maîtres de timonnerie pour faire les fonctions de
fourriers sous les ordres des capitaines de compagnie. Mais, dira-
t-on, on ne devient pas fourrier d'emblée : d'accord. Aussi, je
crois qu'il conviendrait d'exiger des fourriers un certain temps de
service dans la comptabilité des compagnies, et après un temps

5

de mer déterminé, les admettre moyennant examen au grade effectif de quartier-maître de timonnerie. Ce serait une voie naturelle ouverte aux jeunes marins instruits, ceux qui deviennent volontaires aujourd'hui, pour se diriger vers la carrière d'officier, soit de l'armée de mer, soit du commerce, par le pilotage, ce tronc commun des deux marines, auquel il convient de tout rattacher.

Les Matelots. — L'incohérence qui existe à l'égard des fourriers devient un gâchis inextricable quand on arrive aux matelots. Nous avons vu par le tableau ci-dessus que si la France entretenait sur le pied de guerre les 130 navires actuellement armés, il lui faudrait :

> 2059 matelots de 1re classe ;
> 3095 — de 2e *id.* ;
> 6604 — de 3e *id.* ;
> 3540 apprentis marins ;
> 1141 mousses ;
> 383 ouvriers chauffeurs ;
> 336 matelots chauffeurs.

Il serait fort difficile au marin le plus instruit de dire au juste ce qui distingue un matelot de première classe d'un matelot de deuxième, ou d'un matelot de troisième classe ; le nom d'apprenti marin n'emporte que jusqu'à un certain point sa signification avec lui ; car il y a, parmi les apprentis marins, les novices qui ne sont pas du tout la même chose que les apprentis marins du recrutement. L'ordonnance de création des équipages de ligne et des compagnies permanentes a institué dans la composition de ces compagnies et des compléments d'équipage qu'on leur incorpore, une fois l'embarquement, un idéal dont personne ne se soucie, dont personne n'a trouvé la clef, et qui rend la marine un hiéroglyphe indéchiffrable au-dedans comme au dehors. L'officier d'administration en a le dépôt précieux dans son rôle d'équipage. — Jamais un capitaine n'a songé et ne songera à le consulter pour former les rôles vrais du bord. On ne demande jamais à un matelot qui embarque, s'il est de deuxième ou de troisième classe, ce qui pourtant devrait être, suivant l'idéal des compagnies ; mais sur quels bâtiments il a navigué, et quelles fonctions il y a remplies : gabier, canonnier, charpentier, calfat, voilier ? enfin, ce qui peut faire apprécier un homme du métier. Si une chose doit être simple, c'est assurément l'élément primitif de la force navale : le gabier pour travailler dans le gréement aux manœuvres hautes ; le canonnier pour servir les pièces dans les batteries ; le fusilier pour faire le coup de feu dans les abordages et les débarquements. Car enfin, si la marine comporte neuf spécialités distinctes qui se réunissent en un seul tronc par la timonnerie ou le pilotage, la même distinction doit aussi se reproduire dans les éléments qui la composent. C'est ce qui a lieu en effet ; mais l'administration recouvre la vérité de ses voiles mystérieux : je me propose de les écarter.

En consultant le tableau ci-après, dressé en vertu du tarif sur les suppléments à donner aux bâtiments complètement armés, on arrivera naturellement à des idées plus nettes et mieux en harmonie avec les choses.

TABLEAU DES MATELOTS SPÉCIAUX AYANT DES SUPPLÉMENTS A LA MER.

	Chefs de hune.	GABIERS. 1re classe.	GABIERS. 2e classe.	CANONNIERS. Chefs.	CANONNIERS. Chargeurs.	CANONNIERS. 1er Servant de gauche.	TIMONIERS. Sondeurs.	MATELOTS. Facultatifs.	Chauffeurs.	Soutiers.	Clairons.	Écrivains.	Instituteurs.	Vaguemestres.
Grands navires.... 24														
2 vaisseaux de 1er rang..........	8	80	112	74	120	120	16	194	»	»	12	4	2	2
4 vaisseau de 2e..............	4	40	56	52	50	50	8	89	»	»	6	2	1	1
8 vaisseaux de 5e............	20	200	280	145	225	225	40	455	»	»	25	10	3	3
2 frégates de 1er rang........	8	64	88	40	60	60	12	62	»	»	6	4	2	2
4 — de 2e................	16	104	152	52	100	100	24	228	»	»	12	8	4	4
4 — de 5e................	16	80	112	52	80	80	24	204	»	»	8	8	4	4
6 corvettes à gaillards.......	18	96	144	60	90	90	24	192	»	»	6	6	6	6
TOTAUX......	90	664	942	463	623	725	148	1404	»	»	75	56	24	24
Navires inférieurs.. 49														
4 corvettes avisos à barbette........	»	40	40	8	20	20	8	28	»	»	»	»	4	4
8 bricks de 1re classe............	»	80	80	56	80	80	16	56	»	»	»	»	8	8
15 navires légers canonnières........	»	65	65	»	»	»	26	52	»	»	»	»	13	13
14 transports au-dessus de 500 tonneaux.	»	70	70	»	»	»	28	308	»	»	»	»	»	»
10 — au-dessous de 350....	»	50	50	»	»	»	20	40	»	»	»	»	10	10
TOTAUX......	»	305	305	64	100	100	98	484	»	»	»	»	35	35
Navires à vapeur.. 57														
8 frégates à vapeur, 540 chevaux....	16	72	72	64	80	80	48	400	128	256	16	16	8	8
15 corvettes de 2e classe............	»	75	75	60	60	60	30	338	90	195	»	»	15	15
16 avisos de 1re classe............	»	48	48	48	48	48	32	96	64	160	»	»	16	16
18 — de 2e............	»	54	54	»	36	36	36	54	72	180	16	16	48	48
TOTAUX......	16	249	249	172	224	224	146	908	354	791	16	16	37	37
Résumé......... 150 navires.....	106	1218	1496	699	949	949	394	2795	354	791	91	52	116	116

Sous le titre de suppléments facultatifs, sont compris les caliers, les matelots patrons d'embarcations, les brigadiers d'embarcations, les peintres, les barbiers, les infirmiers, enfin les suppléments facultatifs proprement dits.

Analysant ce tableau d'après l'ordre hiérarchique donné aux spécialités, et qu'il nous paraîtrait peut-être convenable de modifier en faveur de la timonnerie, parce que le pilotage est la voie où tout aboutit, nous avons :

Timonnerie, 394 timonniers sondeurs ;
Manœuvre, 106 chefs de hune ;
1218 gabiers de 1re classe ;
1496 — 2me classe ;
2793 suppléments facultatifs.

Il n'y a de chefs de hune que sur les bâtiments à voiles ou à vapeur à batterie couverte, à l'exception, toutefois, des corvettes de charge qui n'en ont pas même quand elles sont armées en guerre. C'est sans doute un oubli. — La fonction de chef de hune peut, d'après les règlements, être donnée à n'importe quel matelot, et créer ainsi une deuxième hiérarchie dans une spécialité, tandis que le bien du service exige qu'il n'y en ait qu'une. — Il en est de même pour les gabiers de 1re ou de 2me classe, qui peuvent fort bien n'être que des matelots de 3me classe, ou même des novices vigoureux. — Tout cela est faux, compliqué, obscurcit les idées de ceux qui obéissent sans aucune utilité pour ceux qui commandent, et au grand désavantage de la logique et de l'honneur des institutions. Heureuse insouciance des matelots ! douce ignorance qui les rend insensibles à toutes ces misères ! — La France est semblable à eux. — Néanmoins quelques-uns désertent. Je sais bien que ces titres de gabier de 1re ou de 2me classe ne donnent droit qu'à un supplément de solde, et qu'ils fournissent au commandant l'occasion de récompenser des services réels rendus par fois par des matelots de la dernière classe ; puisqu'ils les rendent, ils ne sont plus de la dernière classe. C'est ce qui révèle la profonde absurdité qu'il y a à donner les grades de matelots par le mode usité des avancements annuels, et à charger d'entraves inutiles (si encore c'était leur seul inconvénient !) une carrière déjà assez compliquée par la multitude des spécialités qu'elle contient inévitablement. On a adopté des matelots de trois classes, et des apprentis marins dans les compagnies permanentes. Soit : qu'on s'y tienne, et puisqu'il faut absolument distinguer les matelots entre eux, tous les apprentis marins devenant matelots de 2ᵐᵉ classe, à l'ancienneté, et les inscrits l'étant de droit, il y aura les matelots gabiers qui comprendront les deux premières classes de matelots, les matelots ordinaires, qui correspondront à notre troisième classe actuelle. Il serait à désirer qu'après six mois de service à la mer, et dans le courant de la première année de sa navigation, le commandant eût le droit de nommer d'emblée, matelot gabier de 1ʳᵉ ou de 2ᵐᵉ classe tout matelot ordinaire de 3ᵐᵉ classe, capable d'en remplir les devoirs ; le second et les officiers chefs de quart, préalablement assemblés et entendus en conseil d'avancement.

Canonnage. — Nous employons, 699 chefs de pièce ;

949 chargeurs ;

949 1ᵉʳˢ servants de gauche, qui tous appartiennent à je ne sais quelle classe de matelots ou d'apprentis marins. Comme d'après l'exercice du canon usité aujourd'hui sur nos vaisseaux, les premiers servants de gauche sont chargeurs conjointement avec les premiers servants de droite, et que, de plus, ils l'ont toujours été dans l'exercice des deux bords ; qu'ils doivent en tous cas être aussi aptes à remplacer le chef de pièce que les premiers servants de droite ; attendu qu'un seul de ces matelots canonniers venant à manquer, leur place incombe de droit au premier servant de gauche ; pour établir avec le gabiers l'uniformité désirable, les chefs de pièces devraient être intitulés matelots-canonniers de 1ʳᵉ classe, et les chargeurs, et premiers servants de gauche, également chargeurs, — matelots-canonniers de 2ᵐᵉ classe. En dessous de cette hiérarchie du talent, la classe des matelots proprement dits, ou de 3ᵐᵉ classe, à laquelle tout le monde parvient, et qui est le point de départ pour la 1ʳᵉ et la 2ᵐᵉ classe de chaque spécialité.

Capitaine d'armes. — Il y a là une étrange lacune ; le capitaine

d'armes qui est l'instructeur naturel des matelots pour l'exercice
du fusil ou les petites armes, n'a personne pour le seconder. On
me dira que les seconds maîtres et quartier-maîtres de canonnage doivent en être capables. Soit, qu'on se hâte donc de faire
des quartier-maîtres et des seconds maîtres de ces intelligents
matelots-canonniers que nous avons vu sur deux vaisseaux à trois
ponts, l'Océan et le Souverain, être, avec le capitaine d'armes,
les vrais instructeurs d'infanterie, sous la direction des officiers.
— A la vérité, nous avons parfois les sergents d'armes, sous-
officiers détachés du corps d'infanterie et d'artillerie de marine.
C'est une chose fort originale que de leur voir garder à bord
leur uniforme de troupier au milieu du paletot écourté, de nos
bas boutonnés. — On trouverait peut-être dans l'escadre d'évolution quelque navire où un supplément facultatif est accordé
aux matelots qui se distinguent dans la spécialité du fusil. Je ne
voudrais pas en répondre; mais on a vu dès longtemps certain
vaisseau où, un officier, travaillé de l'amour pour les manœuvres
des tirailleurs et tout ce qui se rattache au fusil, dépenser des
torrents d'éloquence dans un conseil d'avancement, et ne pas obtenir un simple supplément de dix centimes pour le meilleur ma-
telot-fusilier de sa compagnie de débarquement. — Quoi qu'il
en soit, les meilleurs esprits s'accordent à regarder la création
d'une spécialité de matelots fusiliers comme une nécessité de
premier ordre. Les Anglais ont de vrais soldats sur presque tous
leurs navires de guerre, je dirais volontiers tous, tant l'exception est rare. Duguay-Trouin ne manquait jamais d'en avoir sur
ses vaisseaux. Sans doute, nous pensons qu'il serait mauvais de
détruire l'uniformité acquise à grand'peine dans l'habit, sinon
dans l'esprit des marins. Mais la spécialité des matelots-fusiliers
est une chose essentielle qui manque à notre marine pour qu'elle
soit bien constituée. Elle est toute entière à créer. — Nous en
avons les éléments, on connaît la promptitude de l'esprit français.

Machines. — La spécialité des mécaniciens, on doit le dire à sa louange, malgré son peu d'ancienneté, est celle qui offre le moins de lacunes. — Elle compte 383 ouvriers chauffeurs, 354 matelots chauffeurs, 791 soutiers. — La hiérarchie est une, bien définie et facile à comprendre; les matelots chauffeurs sont des matelots ordinaires aussi bien que les soutiers. On leur donne un supplément de fatigue, voilà tout. Ils pourraient devenir ouvriers chauffeurs. Tout est assez logique dans la machine, à l'exception de l'examen des premiers maîtres mécaniciens pour devenir enseignes de vaisseau ; nous avons dit pourquoi.

Charpentage. — Eh quoi! nous avons une hiérarchie de maîtres, seconds maîtres et quartier-maîtres charpentiers et pas un matelot de cette profession essentielle de la marine. Aucun supplément ne leur est alloué, à moins que ce ne soit dans la masse obscure des facultatifs où l'on nomme les barbiers, les peintres, les infirmiers, professions fort utiles assurément, mais qui ne sont pas aussi spéciales à la marine que le seraient et le sont naturellement de bons matelots charpentiers.

Calfatage, Voilerie, Forges et Armurerie. — Je pourrais faire la même observation pour ces trois autres spécialités de la marine. — Les compagnies permanentes sont faites pour pourvoir à tout dans la marine, et l'on n'ignore pas que, d'après le règlement de leur institution, elles devraient contenir chacune deux matelots charpentiers, deux matelots calfats, deux matelots voiliers; enfin, un clairon, un tambour et un fifre. Il n'en est jamais ainsi, et il ne pouvait en être autrement d'une création fausse qui isole le marin de son navire, et lui crée des intérêts qui n'y ont aucun rapport. Aussi, malgré la vogue qu'ont eu pendant un certain temps les compagnies des équipages de ligne, je ne crois pas qu'il ait jamais existé, dans aucune des divisions, une compagnie conforme à l'idéal posé dans le règlement; car les matelots de 1re, de 2me et de 3me classe ne correspondent à rien, par cela même qu'ils correspondent à tout : ainsi du reste. C'est ce qui fait que sous tout autre point de vue que celui d'une division rationnelle de l'administration du personnel confié aux chefs naturels des matelots, sous la direction et le contrôle du conseil d'administration, les compagnies permanentes ne signifient absolument rien. Ne serait-il pas possible de garder ce que l'institution a de bon en rejetant ce qu'elle offre de vicieux ou d'inutile ? c'est ce que nous allons chercher à faire en cherchant à appliquer à une escadre les principes généraux exposés ci-dessus.

Soit, la cinquième escadre dépendant du préfet maritime du deuxième arrondissement, et composée comme suit :

  L'Orion, vaisseau de 4ᵉ rang ;
  La Dryade, frégate de 1ᵉʳ rang ;
  L'Héroïne, corvette à gaillards ;
  L'Acibiade et *l'Olivier*, bricks de 1ʳᵉ classe ;
  L'Églantine, canonnière ;
  Le transport *La Licorne* ;
  Le Descartes, frégate à vapeur ;
  Le Gassendi, corvette à vapeur ;
  Le Vautour, aviso à vapeur ;
Enfin, *Le Pingouin*, navire mixte ;

En tout, onze bâtiments. — Commençant par le vaisseau, je remarque tout d'abord que, pour la navigation et le combat, il lui faut des chefs de quart, des sous-chefs de quart, un premier maître de manœuvre, un premier maître de canonnage, un premier maître de timonnerie ; un capitaine d'armes, un maître charpentier, un maître calfat, un maître voilier, enfin un armurier-forgeron, et à la suite de chacun de ces chefs des antiques spécialités de la marine, un nombre déterminé de seconds maîtres, de quartier-maîtres, de matelots spéciaux, de matelots ordinaires. Parmi ces éléments du personnel, il y en a de fixes ; ce sont ceux se rapportant à la navigation : en tout temps, les navires de l'État doivent se distinguer par la supériorité de leur manœuvre. Ceux qui sont pour le combat, varieront suivant les conjonctures.

	1er Maître.	2e Maître.	Quartier-Maîtres.	Matelots d'élite.	Matelots.
1° NAVIGATION.					
Pilotage ou timonnerie....	1	2	4	8	
Manœuvre.............	1	4	18	82	
Voilerie..............	1	2	2	8	216
Charpentage..........	1	2	2	8	
Calfatage............	1	2	2	8	
2° COMBAT.					
Canonnage...........	1	5	14	106	
Fusil................	1	»	»	104 apprentis marins.	
Armurerie...........	1	1	»	»	
	8	18	30	324	216

Il ne sera pas hors de propos de comparer, avec cet armement rationnel et clair, ce qui se pratiquerait en Angleterre pour un navire de la même force. Le suffrage des hommes experts dans les choses de la navigation est toujours flatteur. Or, la marine anglaise est le résultat de l'expérience des siècles, et l'on peut dire que, s'ils nous ont emprunté bien des choses au temps de Louis XIV et depuis, ils ont eu le bon esprit de l'approprier au génie de leur nation, et n'ont pas été de serviles imitateurs. Quoiqu'il en soit, imitation ou invention propre, leur marine est bonne à consulter. Le tableau ci-après mettra mieux à même de comparer l'organisation proposée pour la marine de France et celle adoptée par la marine d'Angleterre.

Timonnerie. — 1 *yeoman* des signaux, 3 chefs de la dunette, les *midshipman*, *boys* et volontaires font le reste.

Mastership (sans équivalent chez nous). — 1 *master*, 1 second *master*, 6 *master's assistant*, 12 *quarter-masters*.

Gunnership (notre canonnage). — 1 *gunner*, 4 *gunner's mates*, 22 *gunner's crew*.

Boatswainship (notre manœuvre). — 1 *boatswain*, 7 seconds et assistant *boatswains*, 1 patron du capitaine, 3 chefs du gaillard d'avant, 1 chef de cale, 1 patron de chaloupe, 3 chefs pour la grande hune, 3 pour la hune de misaine, 3 pour le mat d'artimon, 1 patron du grand canot.

Charpentage. — 1 charpentier, 1 second charpentier, 16 *carpenter's crew.*

Armes (Correspondant au service de nos capitaines d'armes). — 1° 1 *master at arms*, 2 caporaux de bord ; 2° 1 capitaine, 3 lieutenants, 3 sergents, 3 caporaux, 2 tambours, et 138 soldats. — Total, 150 fusiliers.

Voilerie. — 1 *sail maker*, 1 second, 2 *sail maker's crew.*

Corderie. — Un maître cordier.

Calfatage. — 1 calfat, 1 second.

Armurerie. — 1 armurier, 2 seconds.

Tonnellerie. — 1 tonnelier , 2 *cooper's crew.*

Les Anglais n'ont que deux sortes de matelots : les matelots d'élite dits *able seamen*, et les matelots ordinaires. Cette division, aussi simple que naturelle, est faite pour exciter l'émulation des marins anglais. — Tous peuvent devenir matelots d'élite, et ils sont appointés comme tels, sans être assujétis aux règles et aux procès-verbaux de nos avancements annuels.

C'est en vertu du principe d'égalité, base de nos institutions depuis 89, que les emplois publics, même de l'ordre le plus élevé, sont chez nous l'apanage des hommes qui, à un vrai mérite, joignent une moralité reconnue. Le gouvernement évanoui en février a eu le malheur de trop négliger cette deuxième condition. En Angleterre, c'est le priviláge qui régit tout. Aussi, malgré la supériorité d'organisation de leur marine dans quelques détails, on a vu à Palerme, en 1848, les marins de la flotte britannique, aux ordres du vice-amiral Parker, avouer hautement à ceux de la flotte française, aux ordres du vice-amiral Baudin, combien leurs sentiments les plus intimes sont souvent blessés , quand ils veulent se comparer à nous. C'est une heureuse disposition qui se développera naturellement dans l'esprit des marins anglais, si nous savons appliquer à nos institutions actuelles les perfectionnements dont elles sont susceptibles. L'opinion est reine du monde , et notre état social est supérieur à celui de l'Angleterre. Il y aurait barbarie à vouloir un pareil progrès, même à des ennemis, au prix qu'il nous a coûté... Enfin, il existe.

Comparons donc l'organisation du personnel de deux vaisseaux des deux marines. En admettant la classification proposée pour la marine française, et que la timonnerie ou pilotage soit la voie commune vers laquelle les marins d'état, à quelque grade qu'ils appartiennent dans la hiérarchie, depuis celui de simple matelot de troisième classe jusqu'à celui de second maître inclusivement, puissent se diriger pour accéder à l'épaulette.

Yeomanry of signals. — C'est le métier de la timonnerie. Le *yeoman* des signaux est chargé de leur garde et de leur entretien, ainsi que de quelques menus objets ressortant de cette branche du service. C'est le messager du bord, ou plutôt le dormant du télégraphe. Les trois capitaines de la dunette sont préposés à la garde et au bon ordre de l'arrière, depuis le pied du grand mat jusqu'au couronnement. Le service proprement dit de la timonnerie est fait sous la direction immédiate du lieutenant chef de quart par vingt *midsihipman*, hiérarchiquement placés (1) après le *gunner* (premier maître canonnier); le *boatswain* (maître d'équipage), et le *carpenter* (maître charpentier), par sept volontaires, qui viennent hiérarchiquement après ce que chez nous aurait rang de quartier-maître. Enfin, par les *boys* et les mousses, qui mènent à courir les drisses de signaux, ensemble ou séparément. C'est là, dans la partie inférieure de la timonnerie, que les Anglais ont établi le point de contact entre leur classe privilégiée et inférieure. Chaque nation a son génie, auquel elle fait bien de se conformer. — Nous pensons qu'en France le point de contact entre les officiers et les matelots doit être établi au sommet de ce service fondamental, qui relie le métier avec l'art. Tous les *able scaman* sont sondeurs et savent gouverner (2). Chez nous, il en est à peu

---

(1) Pour la répartition des parts de prises.
(2) Toutefois, les Anglais donnent un supplément de 1 sh. 6 par heure au marin qui sonde dans les mers à marée; de 1 sh. seulement quand il n'y a pas de marée.

près ainsi des gabiers. Alors on est peut-être en droit de se demander pourquoi on a établi une distinction pour un talent sans lequel on n'est pas matelot. Ne trouverait-on pas la marine assez compliquée ?

Mastership. — Les fonctions du *master* n'ont pas d'équivalent dans la marine française d'aujourd'hui ; celles de nos pilotes d'autrefois auraient pu jusqu'à un certain point leur être comparées. Le *master* a sa place à la table des lieutenants, p e utdevenir *commander* ; c'est le grade par lequel doivent passer les jeunes marins de la classe des capitaines au long cours, ou les aptitudes hors ligne de la marine anglaise, pour faire définitivement partie des officiers du corps du Royal-Navy. — En les comparant avec nos maîtres actuels, on voit que le *master* réunit les détails dont sont chargés les premiers maîtres de manœuvre, les chefs de timonnerie et l'officier des montres marines. — Pour les connaissances pratiques en fait de pilotage, ses preuves fournies à *Trinity-House* n'ont nul équivalant en France.

Il a sous ses ordres directs 1 *second master*, 6 *master's assistants*, 12 *quarter-masters* ; total, 19 officiers mariniers, *petty officers*. — Le *master* est à un autre point de vue l'expression du service général du bord dans tous les travaux qui touchent au gréement, aux vivres, à l'arrimage de la cale, et spécialement à l'eau. C'est le bras droit du capitaine, et il commence à porter singulièrement ombrage aux *commanders* des vaisseaux, qui ont quelques idées des institutions françaises. Les vieux capitaines y tiennent beaucoup, comme à une institution avec laquelle leur marine a acquis quelque gloire, bien qu'elle soit en désaccord formel avec l'esprit du siècle ; car, en Angleterre aussi bien qu'en France, il ne saurait y avoir deux hiérarchies. Il serait absurde dans l'un ou l'autre pays, par rancune contre le passé, de mettre le talon rouge, qui au reste n'existe plus, sous la dépendance de ceux qui autrefois étaient officiers bleus. Il est toujours dangereux, surtout au sommet de l'échelle, de blesser dans leur susceptibilité légitime des hommes de cœur et de dévouement, en les empêchant de remplir des devoirs qui leur sont dévolus par la nature même de leurs fonctions.

Les *masters* sont portés dans l'Annuaire de la marine anglaise, à la suite des lieutenants avec lesquels ils concourent pour le grade de *commander*. Ce n'est pas un grade aussi élevé que nous pouvons raisonnablement établir le point de jonction vers lequel les marins d'état des diverses professions maritimes, qui existent aussi bien dans la marine anglaise que dans la nôtre, pourraient s'élever à l'art de la marine. Que les Anglais conservent leurs *masters* ; ils ont sans doute pour cela de fort bonnes raisons.

Second master. — Ce grade n'est pas davantage une porte ouverte aux spécialités navales. Il faut pour devenir *second master* avoir servi au moins six ans à la mer, dont trois dans la marine de l'État, en qualité de *midshipman* ou de *master's assistant*, ou bien avoir servi six ans à la mer et avoir été, pendant ce temps, un an capitaine, ou deux ans second, ou trois ans lieutenant d'un navire marchand. Là, je ne vois de sauvegardés que les intérêts des *midshipmans* et des capitaines de la marine marchande ; les aspirations légitimes que peuvent avoir les natures d'élite dans le peuple des matelots de l'Angleterre n'est nullement satisfaite. Les *seconds-masters* sont portés sur l'Annuaire anglais, *Navy-List*, tout rempli de renseignements utiles et parsemé de détails qui peignent les mœurs.

Ainsi voici toute une série de marins qui n'ont et ne peuvent pas avoir d'équivalent chez nous, et au sujet desquels on rencontre souvent en France les préjugés les plus mal fondés.

Boatswainship. — Nous trouvons dans le *boatswain* et sa suite, ce qui correspond le mieux à nos maîtres de manœuvre. Les Anglais ont le *boatswain*, le second *boatswain*, le patron du capitaine, trois chefs du gaillard d'avant, le chef de la cale, le patron de la chaloupe, les trois chefs de la grande hune, les trois chefs de la hune de misaine, les trois chefs du mât d'artimon, et le patron du grand canot : total, 18 officiers mariniers. Nous avons un premier maître de manœuvre, quatre seconds maîtres, dix-sept quartier-maîtres : total, 22. — Bien qu'on puisse jusqu'à un certain point joindre à ces marins gradés quatre chefs de hune et quatre matelots patrons d'embarcation, ce qui porterait à 30 le nombre des marins français employés d'une manière équivalente, il est impossible de méconnaître la supériorité de précision de l'institution anglaise des *boatswain*, subordonnée, du reste, à celle des *masters*. Les Anglais divisent l'équipage en trois quarts à la mer au lieu de deux. Il est bien naturel qu'ils affectent trois *petty officers working* au poste essentiel des hunes. Nous n'en avons qu'un seul au terme du règlement : c'est moitié moins qu'il en faudrait, puisque nous faisons deux quarts à la mer. Je sais que nous ne manquons pas de capitaines de vaisseau qui tirent le meilleur parti de la ressource en hommes qu'on leur fournit. Mais celui-ci fait d'une façon; cet autre d'une autre. Tous ne peuvent pas faire pour le mieux, puisqu'ils font différemment, et que le mieux pour chaque nation est un; il serait donc nécessaire qu'un règlement spécial indiquât les postes essentiels qu'il convient de remplir, et obligeât à les remplir d'une certaine façon à bord de chacun des navires de la flotte, pour la perfection et l'uniformité du service. — Admettons que l'on prenne pour base ce que veut la nature même des choses comme en Angleterre, il reste douze officiers mariniers ou matelots à supplément pour diriger la manœuvre sur le pont, répartis au pied des mâts, sur les gaillards d'avant et d'arrière et le passavant. En Angleterre, il reste dix-huit officiers mariniers spéciaux pour cette besogne. — Ce sont les six *master's assistans*, et les douze *quarter-masters*. — A égalité de mérite, ce qui est presque impossible, leur manœuvre doit être supérieure, par le fait de son institution propre, foncièrement adaptée au service du bord.

Canonnage. — Les Anglais ont un *gunner*, quatre *gunner's mates*, vingt-deux *gunner's crew* : total, 27 canonniers. — Ici la supériorité est tout entière de notre côté, bien que nous n'ayons qu'un premier maître, cinq seconds maîtres et quatorze quartier-maîtres; en tout, 25 chefs. — Car nous sommes en droit, afin d'établir le parallèle, de leur ajouter pour le moins 26 chefs de pièce, canonniers brevetés, et formés à l'école des matelots-canonniers.

L'institution anglaise du vaisseau l'*Excellent* ne s'adresse qu'aux officiers. Notre frégate d'instruction, dirigée par les officiers, est destinée à faire et fait effectivement de bons matelots-canonniers : ce qui est essentiel un jour de combat. On pourrait se demander si les officiers, formés sur l'*Excellent*, ne transforment pas, par hasard, en navires d'instruction pour les matelots-canonniers, tous les navires armés de l'Angleterre. Ce serait assez logique.

Charpentage. — Les Anglais ont un charpentier, un second charpentier, seize ouvriers d'état. Nous avons, en France, un maître, deux seconds maîtres, deux quartier-maîtres : là, notre infériorité est évidente tant qu'on ne prendra pas de mesures pour que les huit matelots-charpentiers, que doivent renfermer les compagnies permanentes d'un vaisseau de quatrième rang soient bien réellement des charpentiers de navire, comme en Angleterre. Et encore, à mérite égal, aurions-nous l'infériorité du nombre : 15 contre 18, c'est quelque chose, surtout si l'on fait attention que nous avons là cinq charpentiers gradés, qui ne doivent pas avoir le même cœur à la hache et au rabot que de simples ouvriers; l'exception est l'exception.

Armes. — Là nous avons le capitaine d'armes, et deux sergents d'armes; les Anglais ont le *master at arms*, pour les armes, et deux caporaux de bord pour la police, et toute une organisation militaire; savoir : une compagnie de 150 royal marines, nommés par les marins *red jackets*, avec le capitaine, trois lieutenants, trois sergents, trois caporaux et deux tambours.

Là, tout nous manque, tout est à créer. Jadis les marins de

Louis xiv ont fait éprouver aux Anglais le poids de nos armes. Nous n'avons pas à copier leurs institutions aujourd'hui; mais il faut donner une suite au capitaine d'armes autre que ses deux sergents recrutés dans des corps auxiliaires. On peut, néanmoins, les regarder comme un très bon commencement pour la création nouvelle, en ayant soin de leur faire prendre la tenue des seconds maîtres de la marine qui doit tout uniformiser. Un cor, ou tout autre insigne, placé sur le collet à la suite ou à la place de la patte rouge des équipages de ligne, suffirait à établir la différence des spécialités. Où prendrons-nous le corps qui doit correspondre aux 138 soldats du vaisseau anglais? J'ai cru devoir prendre comme base les 104 apprentis marins qui entrent dans la composition réglementaire du vaisseau de quatrième rang.

Duguay-Trouin, qui a commandé d'une manière si glorieuse le Lys dans la vieille marine de France, a embarqué à son bord, suivant les diverses conjonctures, un nombre variable de soldats. Il en avait 169 lors de la campagne pendant laquelle il a pris à l'abordage le Cumberland de quatre-vingts canons, et fait sauter le Devonshire de quatre-vingt-douze canons à la suite d'un combat sanglant. Ensuite, il en a embarqué 132, 120, 104, enfin 306 dans l'expédition de Rio-Janeiro. J'ai donc pris le chiffre 104 parce qu'il est d'accord avec l'esprit du règlement en ce qui concerne le recrutement de la marine par la voie générale, et qu'en outre, c'est le plus petit nombre de soldats que Duguay-Trouin ait jamais eu à bord du Lys. Il est bien entendu qu'élevant la carabine à hauteur d'une institution, il est de notre intérêt et de notre honneur de prendre, pour la développer dans l'application, toutes les mesures propres à nous assurer la supériorité sur nos rivaux. En ce moment, nous ne pouvons soutenir la comparaison.

Voilerie. — Les Anglais ont le voilier, le second voilier, la troupe du voilier composée de deux hommes, en tout quatre individus. — Nous avons un maître, deux seconds maîtres, deux quartier-maîtres, huit matelots voiliers. Ici la supériorité apparente est de notre côté. Je dis apparente, car tout matelot devant être voilier d'après les règles de la navigation, nos huit matelots voiliers ne constituent qu'un chiffre illusoire, et nous n'avons, à égalité de mérite, parmi les titulaires affectés spécialement à cette branche de service de la marine que la supériorité d'un second maître. Nous l'avons, parce qu'ainsi l'a voulu la composition réglementaire des compagnies permanentes qui forment la base de nos équipages; il est fort présumable qu'on n'en eût pas embarqué en complément.

Corderie. — Les Anglais ont un maître cordier.

Calfatage. — Les Anglais ont un calfat, un second calfat, pas de troupe. Ils ont sans doute pensé que la troupe du charpentier devait être au courant des opérations de calfatage, ou peut être ils se sont imaginés qu'un bon matelot, adroit dans son métier, pourrait, le cas échéant, faire un passable calfat de bord. Nous avons un maître, deux seconds maîtres, deux quartiers-maîtres, huit calfats, en se conformant au règlement des compagnies permanentes.

Armurerie. — Les Anglais ont un armurier, deux seconds armuriers. Nous avons un maître armurier-forgeron, un second maître armurier.

Les réflexions que je viens de faire, en comparant l'équipage d'un vaisseau français de quatrième rang à un vaisseau anglais de même force, me paraissent de nature à prouver que, supérieurs à nos anciens rivaux par le fond de nos institutions navales, comme par toutes les autres, il ne nous reste que quelques perfectionnements de détail pour nous mettre tout-à-fait au-dessus : le jour où nos marins (et la vivacité de leur esprit est faite pour nous donner l'espoir que ce sera dans peu) seront convaincus que notre marine est aussi foncièrement supérieure à la marine d'Angleterre qu'elle l'est en effet, le jour surtout où cela sera palpa-

ble pour nos voisins d'outre-Manche qui, depuis quelques années en ont le pressentiment; les questions qui peuvent diviser
les deux pays se traiteront avec la dignité convenable sur n'importe quel théâtre.

Je dois me borner pour le moment à l'indication de l'armement
du vaisseau de quatrième rang. J'aurais bien des critiques, hé-
las ! trop fondées à faire, si j'armais la corvette, le brick, l'aviso
à voiles ; car, à mesure que l'on décroît dans la hiérarchie des navires les compagnies permanentes, qui s'adaptent assez bien aux
bâtiments des rangs supérieurs, laissent des lacunes de plus en
plus considérables. Les ports ont retenti des plaintes des capitaines de nos petits bâtiments, à cause de la composition relative de
leurs équipages, et peut-être sont-elles parvenues jusqu'à Paris
sans qu'on ait pu y avoir égard. Il faut convenir que cela eût été
bien difficile, même avec la meilleure volonté; car quand
une constitution est vicieuse, et fausse comme la constitution
actuelle de la marine, elle produit naturellement ses fruits. —
A moins qu'on ne l'observe pas. — C'est ce qui a lieu. — Mais
alors on fait surgir des inconvénients bien plus graves. — Il est
toujours dangereux d'habituer les hommes à voir ceux qui sont
préposés à l'observation des lois, donner l'exemple de leur in-
fraction. Je regarde donc comme une nécessité de mettre au plutôt les institutions de la marine en harmonie avec le but que l'on
se propose. Ce serait en vain que l'on créerait un corps de chacune
des spécialités qui sont le fondement de la marine, à plus forte
raison des spécialités accessoires. Au lieu d'unir on ne ferait que
diviser et creuser des barrières peut-être infranchissables, des
séparations fatales entre les divers fragments d'un même tout. Il
ne doit y avoir qu'un corps de la marine comprenant tous les autres, notamment celui de l'administration.

L'administration est l'âme de tout corps bien constitué, comme
l'âme du corps humain, elle doit lui être intérieure avec l'*œil du
pays* pour contrôle *efficace*.

Comment l'administration de la marine sera-t-elle constituée avec la création des escadres permanentes ? C'est ce que je vais analyser.

Aujourd'hui les navires sont administrés isolément par un conseil composé du capitaine, du second et du commis d'administration.

Personnel. — Les compagnies et la portion du complément d'équipage qui s'y rattache sont administrées par les officiers, leurs chefs naturels. — Les compagnies permanentes ont amené ce progrès : le plus grand qui ait été accompli dans la marine depuis Louis XIV ; celui qui marque la ligne de démarcation entre la France féodale, où les enfants des preux prêtaient au roi le secours de leur vaillante épée, tandis que les héritiers de Clovis gouvernaient tout par l'intermédiaire de leurs intendants; et la France moderne où le peuple français est condamné, sous peine de déchoir, à faire lui même ses propres affaires, en observant les règles invariables d'une hiérarchie unique, qui mette en tout les corps constitués sous les ordres de leurs chefs naturels, avec le commissariat, cet œil du pays, pour contrôle inévitable. — Le complément d'équipage, ou plutôt toute la portion de l'équipage qui n'est pas encadrée dans les compagnies, est administrée par le commis d'administration, sous la direction et le contrôle effectif, vu sa responsabilité du conseil d'administration. La comptabilité du personnel est centralisée dans les ports par le commissaire aux armements.

Matériel. — Le matériel des navires est administré à bord par le conseil d'administration et centralisé dans les ports par le commissaire des travaux, qui est l'intermédiaire obligé des navires et des diverses directions qui se partagent le service des arsenaux.

Analysons les vices de ce système, en considérant dans leur vérité et faisant ressortir les inconvénients qu'il présente et auxquels remédierait, selon nous, la création d'un nombre déterminé d'escadres permanentes, placées chacune sous les ordres d'un capitaine de vaisseau, chef d'escadre, relevant directement du préfet maritime. Le navire sera notre règle unique de comparaison.

Toute la partie du personnel qui n'appartient pas aux compagnies, est administrée en fait et en droit par l'officier d'administration. — Dans le conseil, il se contrôle lui-même. Ce qui n'est pas logique. — Il en serait autrement si le commandant administrait tout le personnel de la même façon que les lieutenants de vaisseau administrent leur compagnie. — Par ce moyen, l'officier d'administration serait véritablement élevé au rang de contrôleur : et le contrôle qui n'existe pas à bord, puisque l'officier d'administration est bien moins membre que secrétaire du conseil, serait où il doit être, au lieu de se trouver à terre dans les bureaux du commissaire aux armements. — Là, un commis de marine, parfois un simple écrivain, donne le branle pour contrôler les actes, non-seulement des capitaines de vaisseau, mais de nos capitaines de vaisseau assistés d'un conseil d'administration. — Quand bien même le commissaire aux armements ferait lui-même les vérifications, il arriverait tout au plus à constater quelques erreurs de détail. — Le propre d'un bon contrôle, d'un contrôle efficace, est d'accompagner partout et toujours l'administration sans jamais la gêner dans ses opérations légitimes. — Qu'il s'agisse de faire des remplacements, des mouvements dans le personnel d'un navire en cours de campagne, remarquons que, dans un port où les armements sont tant soit peu nombreux, à Toulon, par exemple, le commandant de la division des équipages de ligne et le commissaire aux armements devraient apporter à cette opération essentielle, un soin, une attention qu'ils ne peuvent avoir, vu le nombre de navires qui se trouvent dans le même cas, et l'intérêt très médiocre qu'ils ont à les satisfaire. Il n'en serait pas de même avec un capitaine de vaisseau chef d'escadre, ayant commandé lui-même à la mer, investi d'une responsabilité vraie, et qui de plus, par amour-propre, voudrait faire pour le mieux. Chaque chef d'escadre aurait près de lui un officier supérieur du commissariat pour contrôler l'exécution des règlements, et vérifier toutes les opérations faites par le navire et pour son compte. Ainsi le gouvernement et le service naval acquerraient des garanties qu'ils sont loin d'avoir aujourd'hui.

Les vices de l'organisation actuelle, pour les choses du matériel, sont encore plus grands. Les demandes adressées au port par le conseil d'administration du bord aboutissent au commissaire des travaux, qui les répartit entre les directions du port, des constructions navales et de l'artillerie. Mais si, en ce qui concerne le personnel, les officiers supérieurs d'administration peuvent, jusqu'à un certain point, juger en connaissance de cause ; au matériel, il est à peu près impossible qu'ils se rendent un compte bien exact de tous les objets qu'ils devraient connaître à fond pour garantir leur bonne exécution et leur envoi en temps opportun. D'ailleurs, ils ont à s'occuper de tous les navires qui appartiennent à leur arsenal, et, par conséquent, ne sont pas en mesure, quand bien même ce serait leur spécialité, de prêter aux objets demandés par chaque navire, l'attention minutieuse exigée par les circonstances. J'en dirais autant des directeurs des mouvements du port, des constructions navales et de l'artillerie. Pour eux, ce n'est pas faute de capacité spéciale ; mais ils sont surchargés de besogne par les navires qu'ils ont à construire, à armer, à gréer, et les travaux de toute nature qui s'exécutent dans leurs ateliers. Mais ni eux ni leurs subordonnés ne peuvent entrer dans les détails nécessaires, pour ainsi dire individuels à chaque navire. En tout, d'ailleurs, il faut l'œil du maître, et il ne peut pas y en avoir d'autre qu'un capitaine de vaisseau chef d'escadre.

Il y aurait, avons-nous dit en commençant, quatre escadres à Cherbourg, six à Brest, trois à Lorient, trois à Rochefort, huit à Toulon. — Examinons les changements qu'apporterait à Toulon, par exemple, la création des escadres.

Il y aurait huit capitaines de vaisseau chefs d'escadres, huit commissaires d'escadre. Les commissaires aux armements et des travaux seraient supprimés, le major général n'aurait plus à s'occuper

de l'embarquement des officiers et autres marins ; mais il centra-
liserait tous les services du port, à l'image de ce qui se pratique
à bord pour le second d'un navire. Revenons donc à bord pour
nous inspirer de l'esprit d'ordre qui doit présider aux institutions
terrestres de la marine. Voici ce qui a lieu dans la pratique à bord
des navires commandés par des officiers d'un mérite supérieur,
et ce dont se rapprochent plus ou moins tous les autres :

L'organisation, l'instruction, la tenue, la discipline du personnel sont l'œuvre du commandant ; à terre, c'est le préfet maritime ; il a pour agents directs les officiers chefs de quart ; à terre,
les chefs d'escadre.

Le second a le matériel en partage, sous le titre de détail général ; les maîtres d'état sont sous sa direction immédiate. A terre,
le second serait le major général centralisant le service des diverses directions avec plus d'aptitude et plus d'autorité que ne saurait en avoir, au grand détriment du service, n'importe quel
commissaire des travaux. — Il serait superflu d'entrer dans de
plus amples détails. Il est bien entendu du reste que le chef d'escadre tiendrait dans ses bureaux une double comptabilité de chaque navire, tant au matériel qu'au personnel. C'est même sur
cette comptabilité que le commissaire d'escadre exerce son contrôle au moyen des états envoyés par les navires, pour les dresser.

Le rôle de l'officier d'administration se borne aujourd'hui à
constater l'exécution des ordres donnés ; il enregistre les con-
sommations des maîtres, centralisées par le maître magasinier.
L'inconvénient d'un pareil système est de n'être en réalité ni de
l'administration, ni du contrôle.

Voici ce qui se passe la plupart du temps : le second donne directement à chacun des maîtres les ordres pour la consommation
ou l'emploi du matériel relatif à chaque spécialité. Chaque maître
l'inscrit ou le fait inscrire sur un registre dont le magasinier fait
le double. L'intervention du commis d'administration qui copie le
cahier du magasinier, quand ce n'est pas le magasinier lui-même
qui le transcrit sur ses registres, n'ajoute à cela ni garantie ni

contrôle. Voici ce qui devrait se passer d'après le règlement : Il y a à bord un officier chargé du détail du maître de manœuvre, un officier chargé du détail du maître canonnier, un autre du maître charpentier, etc. Le second devrait transmettre les ordres aux maîtres par l'intermédiaire de ces officiers, ce qui serait fort gênant pour tout le monde, mais enfin sans trop d'inconvénient pour la hiérarchie, l'initiative venant du chef. Il n'en est pas ainsi quand, par la nature des choses, elle part de l'inférieur. Si, jusqu'à un certain point, un officier chef de quart peut être l'intermédiaire entre le second, qui est chargé en grand de tout le matériel, et les maîtres qui s'en partagent les détails, il ne saurait l'être de même entre le maître chargé directement d'une spécialité du matériel et le second chargé du détail général. Aussi, cela ne se pratique jamais, ce qui fait que les signatures des officiers sur les feuilles de consommation et les cahiers des maîtres sont généralement des signatures en l'air. La responsabilité du second est dissimulée sous une masse de signatures oiseuses.

Voici ce qui devrait avoir lieu pour le bien et la dignité du service : les écritures journalières des maîtres, centralisées par le magasinier, élevé au rang de commis d'administration du matériel, et comme tel admis à la table des élèves, le tout signé du second, devraient être contrôlées par le commissaire du bord.

Nous avons vu que le personnel serait administré par le commandant, le matériel par le second, le tout contrôlé par le commissaire. Les rouages administratifs sont : pour le personnel, les fourriers sous les ordres des officiers ; le commis du personnel provenant des fourriers, sous les ordres du commandant. Pour le matériel : les maîtres chargés, sous les ordres du second, et, en résumé, le magasinier, commis d'administration du matériel. Les maîtres chargés étant à très bonne école pour apprendre la comptabilité du matériel devraient pouvoir s'élever à la position de commis de comptabilité du matériel, suivant leur aptitude, et moyennant un examen préalable. Les commis de comptabilité du personnel et du matériel auraient rang d'aspirant de première classe, et mangeraient avec eux; ils pourraient s'élever aux grades supérieurs de l'administration, et recruter ainsi le corps du commissariat d'hommes initiés aux connaissances pratiques du métier. Ce qui lui manque assez généralement.

École navale. — L'École navale est la porte par laquelle la France entre dans la marine. S'il est sage et conforme à l'esprit du siècle de prendre parmi les gens du métier, enfants des ports, les intelligences d'élite pour les élever aux emplois d'officier militaire ou d'administration, il serait aussi injuste qu'impolitique de fermer l'accès de la marine aux enfants de la France. Malgré les critiques quelquefois fondées dont elle a été et dont elle est encore l'objet, l'école navale, qu'on pourrait appeler avec raison l'école nationale de la marine, a produit des résultats qu'aucun marin ne peut méconnaître. Ne voyons-nous pas tous les jours les marins du commerce, ces loups de mer d'autrefois, venir puiser dans ses codes de matelotage, l'instruction théorique, qui non-seulement sert à les faire nommer capitaines au long cours; mais a cet avantage unique d'établir, sur sa vraie base, le lien qui doit unir tous les bâtiments de la marine française, l'uniformité de manœuvre. Ce qui est destiné pour la France doit toujours être choisi parmi ce qu'il y a de plus distingué parmi les maîtres. Aussi l'institution nationale de l'École navale a-t-elle souffert des infractions ou des négligences qu'on a pu commettre à cet égard. Le Gouvernement a toute la responsabilité de ces actes de haute administration générale. Quant à ce qui est des détails, il serait utile, une fois sorti de l'École, de joindre des connaissances pratiques de pilotage à l'instruction théorique de l'hydrographie. Ainsi, à leur examen pour le grade supérieur, tous les aspirants devraient répondre d'une manière précise, et dire quel est le tirant d'eau de chacune des catégories de navires qui composent la marine française, et ce qu'il y a d'eau dans les passes des ports ou rades qu'ils ont eu occasion de fréquenter, sans compter nos cinq ports de guerre et le port d'Alger, que tout le monde doit connaître.

École d'administration par le commissariat. — Si la France entre dans la marine par l'École navale , d'autres avenues lui sont ouvertes pour pénétrer dans les autres services publics dont elle doit avoir, en tous temps, le contrôle pour son honneur et le bien de la République. Pour y parvenir, il n'y a pas d'autre moyen que l'établissement, à Paris, d'une école générale d'administration pour tous les services publics, recrutée parmi les élèves ayant fait leur droit. — Les jeunes hommes sortant de cette école entreraient dans le commissariat avec le rang de capitaine, quel que soit le service vers lequel ils se dirigeraient. Ce serait le principe du contrôle. Quant à ce qui regarde la marine , les lieutenants de vaisseau ayant deux ans de grade pourraient , moyennant un examen , entrer dans le corps du commissariat général.

Il y a encore dans la marine le service des vivres et le service de santé. Ils n'appartiennent pas exclusivement à notre spécialité ; mais comme ils s'y rattachent d'une manière intime , j'en dirai quelques mots. Ce sont des corps distincts de celui de la marine. En conséquence , leurs chefs devraient, à bord, administrer leur matériel sous le contrôle du commissaire. De cette façon, les choses seraient rétablies dans leur vérité , les hommes dans leur dignité.

Conseil d'administration. — Le conseil d'administration est un mot ; car le capitaine et le second commandent, l'officier d'administration obéit. Il serait une chose , si le commandant administrait le personnel , l'officier en second le matériel , le chirurgien-major, les médicaments ; le commis aux vivres, les vivres ; car, composé du commandant, qui a une responsabilité réelle pour le personnel ; du second, qui a une responsabilité vraie pour le matériel (ce qui n'enlève rien aux droits du commandant) et qui de plus vérifierait la comptabilité du commis aux vivres, il aurait pour troisième membre un officier du commissariat également et immédiatement responsable vis-à-vis du commissaire d'escadre, établi à terre auprès du capitaine de vaisseau chef d'escadre.

Vie des navires. — On distingue aujourd'hui diverses phases dans la vie des navires. Leur vrai nom serait plutôt révolutions. Soit un navire lancé des chantiers et armant immédiatement, diverses éventualités se présentent tout d'abord. Armera-t-il en commission de port, en commission de rade, en disponibilité de rade? Armera-t-il en paix, en guerre, en transport, en flûte? (Avec les escadres permanentes, on dirait simplement: il armera.) —Il faudrait un phénomène de mémoire pour pouvoir se rappeler toutes ces variétés d'armement. Je ne pense pas qu'il se rencontre dans la marine un officier capable d'un pareil tour de force. La division des équipages de ligne et les bureaux du commissaire aux armements possèdent le logogriphe sur la composition des équipages avec lequel les marins ont à se *débrouiller* comme ils peuvent. C'est l'expression consacrée. Quoi qu'il en soit, la direction des mouvements du port est tantôt chargée du soin des armemements; d'autrefois, ce sont des officiers désignés *ad hoc.* — Enfin, il peut arriver aussi que ce soit le capitaine destiné au commandement du navire. Le vice d'un pareil système est celui-ci : aucun officier, quel que soit son mérite, ne peut arriver à la perfection du premier coup dans une chose dont il ne s'est jamais occupé. Et pourtant, s'il est un objet essentiel pour la bonne et forte constitution de la flotte aussi bien que pour le trésor public, c'est la bonté d'un premier armement : tout dérive de là. C'est une opération qui ne se fait qu'une seule fois; et quand elle est mal faite, on n'arrive à la corriger qu'au moyen de peines et de dépenses extrêmes, en supposant qu'il soit toujours possible de le faire.

Quoiqu'il en soit, notre navire est armé tant bien que mal; il prend la mer sous la direction d'un commandant et avec un état-major et un équipage réglementaires. Au bout d'un certain temps de séjour, les éléments rassemblés de toutes parts ont fini par *s'amateloter* et constituer l'unité du navire; ils lui ont donné toute la valeur dont il est susceptible; mais la campagne finie, le navire rentre au port, ou bien il y désarme. Alors le matériel change d: mains et se répartit dans les diverses directions du port qui sont chargées de sa conservation ; le personnel se disperse : l'unité navale est brisée ; il ne reste plus rien de la puissance que l'on s'était donné tant de peine à édifier, et qui avait coûté tant d'argent. Dans le cas contraire, le navire reprend un nouvel armement ; alors le matériel reste à bord. — Mais malgré tous les règlements, on n'arrivera jamais à prouver à un nouveau commandant qu'il ne peut rien améliorer sur ce qui a été fait avant lui, et son amour-propre est intéressé à apporter des changements toujours trop dispendieux, bien que souvent ils soient nécessaires. Mais si le premier armement avait eu toute la perfection requise, il n'en serait pas ainsi. — Comment arriver à faire en sorte que les navires aient, dès leur première sortie du port, toute la perfection matérielle désirable dans leurs installations antérieures. On ne peut y parvenir qu'en faisant une spécialité de l'armement des navires. Pour être apte à entrer dans cette spécialité, il faut avoir l'expérience des choses de la mer et des besoins de la navigation, et avoir tourné ses études vers ce but depuis quelque temps. Ces choses ne peuvent s'improviser. Les officiers des escadres, ou pour nous servir d'une expression mieux appropriée, les officiers de mer sauront, tant qu'on voudra, tirer le meilleur parti de leurs navires, sans pour cela être en état de fixer dans un arsenal la meilleure position à donner à un piton, à un croc, à un dormant quelconque, la coupe qu'il faut donner à une voile ; en un mot, sans qu'il soit bien nécessaire de connaître à fond la fabrication d'un instrument, on peut savoir admirablement s'en servir. C'est pourquoi il serait rationnel que les directeurs des ports fussent chargés spécialement, sous l'autorité des majors généraux, de l'armement et de l'installation des navires qu'on livrerait ainsi garantis aux officiers qui doivent les commander, ou plutôt aux chefs des escadres, qui seraient naturellement de fort bons contrôleurs en pareille matière, et qui pourraient attester au besoin aux préfets maritimes que le navire, dont le commandement est confié à Monsieur tel ou tel, remplit toutes les conditions du meilleur armement pour la navigation et le combat. Il n'en est pas ainsi malheureusement aujourd'hui, et chaque nouvel armement fait acquérir à l'officier qui en est chargé une expérience ruineuse pour l'État, et dont personne ne profite, avec le hasard qui préside à tout l'état actuel de la marine. — Enfin, voilà notre navire réarmé sous les ordres d'un nouveau commandant; il a un état-major et un équipage que le hasard des tours d'embarquement a conduits à son bord; il recommencera l'expérience acquise autrefois par son prédécesseur. Son équipage se forme, l'unité navale se reconstitue pour être brisée encore quand il reviendra au port. C'est ainsi que tous les travaux des marins finissent par aboutir au néant. Après bien des vicissitudes, le navire finit par désarmer. Le voilà chargé de chaînes, amarré à quatre amarres au fond d'un port. Une baille renversée recouvre la tête de ses bas mâts veufs de leurs chouques; on lui fait un toit; c'est un pauvre corps mort auquel personne ne s'intéresse plus; ceux auxquels il a été un instrument de gloire ou d'instruction sont dispersés pour ne se revoir jamais. Son gréement est à la garniture, ses voiles à la voilerie, ses canons à l'artillerie. On le dépouille de tout ce dont on peut le dépouiller, dans la crainte des voleurs; et il attend dans cette position sa fin inévitable, malgré les soins désintéressés que peuvent lui donner des officiers qui ne doivent jamais naviguer dessus. — Qu'il vienne, quand il est dans cet état, un ordre de réarmer, on lui donne un radoubs, on retrouve comme on peut ses agrès et ses armes dispersés dans les magasins des directions. Mais si l'on calculait exactement ce qu'a coûté cette incohérence, cette absence de suite et d'unité dans les travaux d'armement, de désarmement et de réparations, on serait effrayé des monceaux d'argent dépensés en pure perte, et qu'eût épargné l'œil vigilant d'un chef d'escadre.

L'intérêt et l'amour-propre étant les seuls mobiles des actions humaines, une administration pénétrée de sa haute mission s'applique à les diriger vers un but louable. Dans l'état actuel des choses, nul intérêt ne relie les marins entre eux et avec les navires, ces coursiers des navigateurs, qui ne peuvent pas, quoiqu'on fasse, être laissés dans une darse comme on dépose un fusil dans un magasin d'armes, lorsqu'on licencie un corps de troupe.

Dans une feuille égarée de mon manuscrit, j'ai cherché à prouver combien il serait avantageux au trésor, et convenable pour le personnel embarqué, que le Gouvernement ne fut plus chargé à l'avenir de fournir l'ameublement en nature aux officiers, à partir du grade d'enseigne de vaisseau. Les aspirants, officiers mariniers, mécaniciens, matelots et mousses, etc., doivent avoir à bord un mobilier d'attache, ainsi que cela se pratique dans les marines de l'Europe occidentale, qui se piquent d'une organisation rationnelle.

C'est un inconvénient de disséminer sans nécessité la comptabilité du matériel, quand on rencontre aussi rarement de bons comptables parmi nos sous-officiers. Le maître d'équipage pourrait, à bord de la plupart des navires, réunir à sa feuille celle du maître voilier; le maître canonnier, celle de l'armurier, et quelquefois de l'armurier-forgeron; le maître charpentier celle du maître calfat : le bien du service exige que le maître forgeron ait une feuille distincte à bord de tous les navires où il n'est pas embarqué de maître mécanicien. Le chef de timonnerie doit toujours avoir une feuille à part. On conçoit plus facilement un navire sans mâture que sans gouvernail et sans boussole. — Il faut absolument qu'un officier marinier soit comptable de ces objets aussi bien que des sondes. — Sans timonnerie, pas de navigation.

Il y aurait encore beaucoup à dire sur les avantages résultant de la création des escadres permanentes pour les intérêts du trésor public, aussi bien que pour la satisfaction légitime du personnel. Les institutions actuelles tendent à isoler les marins et à fausser leurs idées, quand elles ne les tournent pas vers le désespoir, ou cette apathie incurable qui est pis encore.

Par les escadres permanentes, la marine vivrait d'une manière continue, et non de cette vie intermittente qui la fait mourir à petit feu.

Aujourd'hui, la marine ne peut pas avoir d'archives un peu sui-
vies. N'avons-nous pas vu les navires les plus glorieux tomber dans
une situation à faire pitié, après le départ de ceux qui les avaient
illustrés? Qui pourrait songer à écrire l'histoire d'une compagnie
permanente, ce pivot de l'organisation actuelle de la marine, et
ce que l'on a fait de mieux jusqu'ici? — Nos escadres auraient
des archives, elles pourraient avoir des aigles.

Les escadres permettraient de réduire facilement, sans compro-
mettre aucun intérêt de navigation et de combat, ou d'augmenter
au besoin l'effectif des équipages; car le noyau invariable pour
chaque espèce de navire, afin d'assurer la supériorité de manœuvre aux bâtiments de la France étant déterminée, un ordre du
ministre, aux préfets maritimes pour chefs, et des chefs d'escadres pour intermédiaires, on ne ferait plus de ces réductions inin-
telligentes qui compromettent l'honneur du marin français; les
choses variables de la marine seraient reconnues, une fois pour
toutes, résider dans le nombre des canons, et les compléments
d'équipages fixés en conséquence.

La création des escadres amènerait naturellement dans la marine cet esprit d'unité qui nous manque, et dont les malheurs de
l'Empire ont été la funeste conséquence.

Nest-ce pas d'ailleurs une lacune qu'un capitaine de vaisseau,
qui peut-être n'aura jamais exercé que le commandement isolé
d'une simple corvette de charge, puisse être élevé d'emblée au
grade éminent de contre-amiral? Un homme sensé ne peut songer
sans frémir aux funestes conséquences qui pourraient en résulter.
Au reste, *les particuliers ont des navires; il appartient à la France
d'avoir des escadres.*

F.-X. FRANQUET.

CHALONS, TYP. DE BONIEZ-LAMBERT.